だいわ文庫

いちいち幸せになる本

キャメレオン竹田

大和書房

Welcome to Chame's world!

合言葉は「簡単・余裕・うまくいく」！

相棒のシェフとマスターもお供します。
（左がシェフ、右がマスター）

リゾートホテルのモーニング
より美味しい!?
我が家のパンケーキ。

10代の頃から愛用のキャビ
ネットは、タロットカード専用。

楽しんでキャンバスに向き合っていると……いつの間にかキャ
メアートができ上がってしまいます。

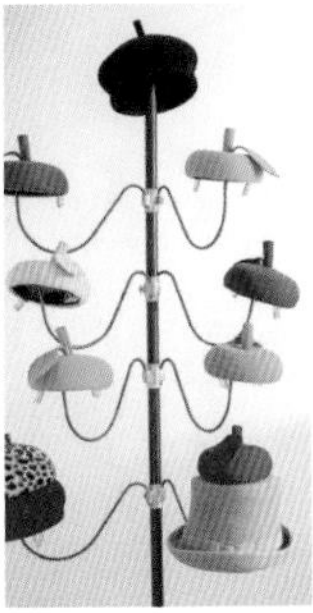

トレードマークのベレー帽！　色違いでオーダーしていた時期も。

ついゲット
しちゃいました。

バッグの裏地が……なんとタロット柄。開けるたびにワクワク！

大きいほうは
海外旅行用。

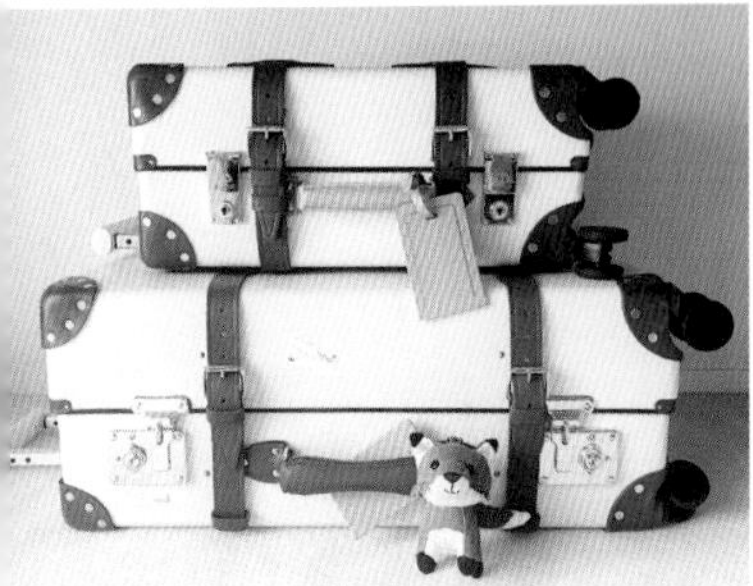

いつでも旅に飛び出せるよう、キャリーバッグは常にスタンバイ。

お気に入りのルームフレグランスたち。フワッと香るたびに幸せモードに！

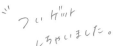

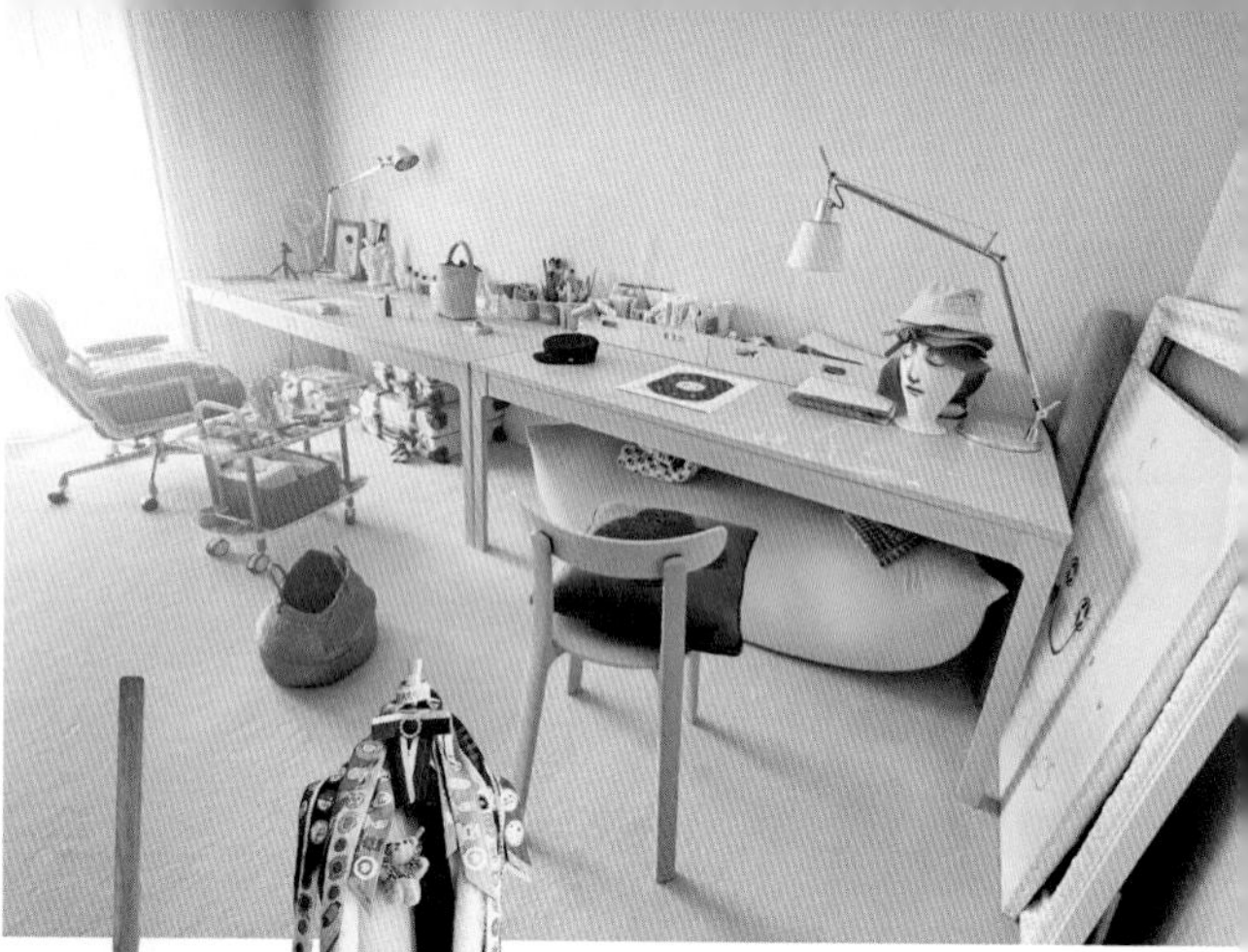

すべてを生み出すアトリエ
(通称：わたしの宇宙船)。

パペット職人が
作ってくれた
ペンカバーの人形が
癒しに。

大きな絵を思い切り描きたい！　そんなときに頼もしいイーゼル。

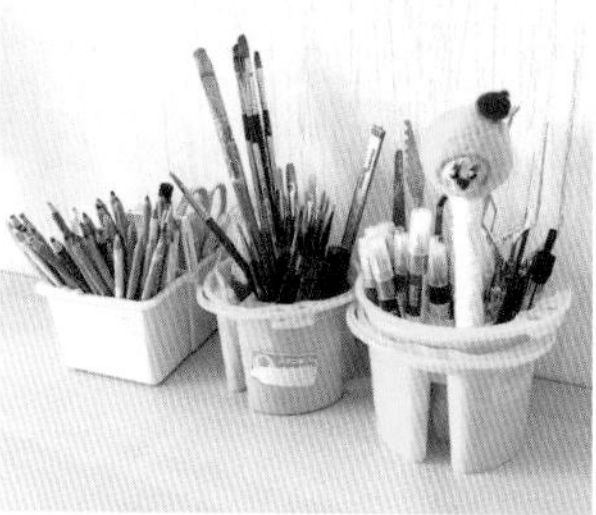

カラフルな絵を描く画材たち。他にもたくさんあります。

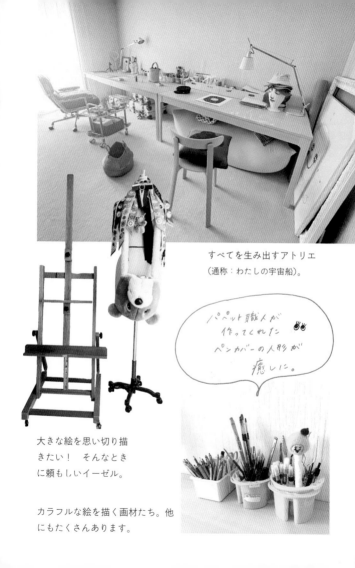

バッグから
宇宙人の触覚が
出ていることも
しばしば（笑）。

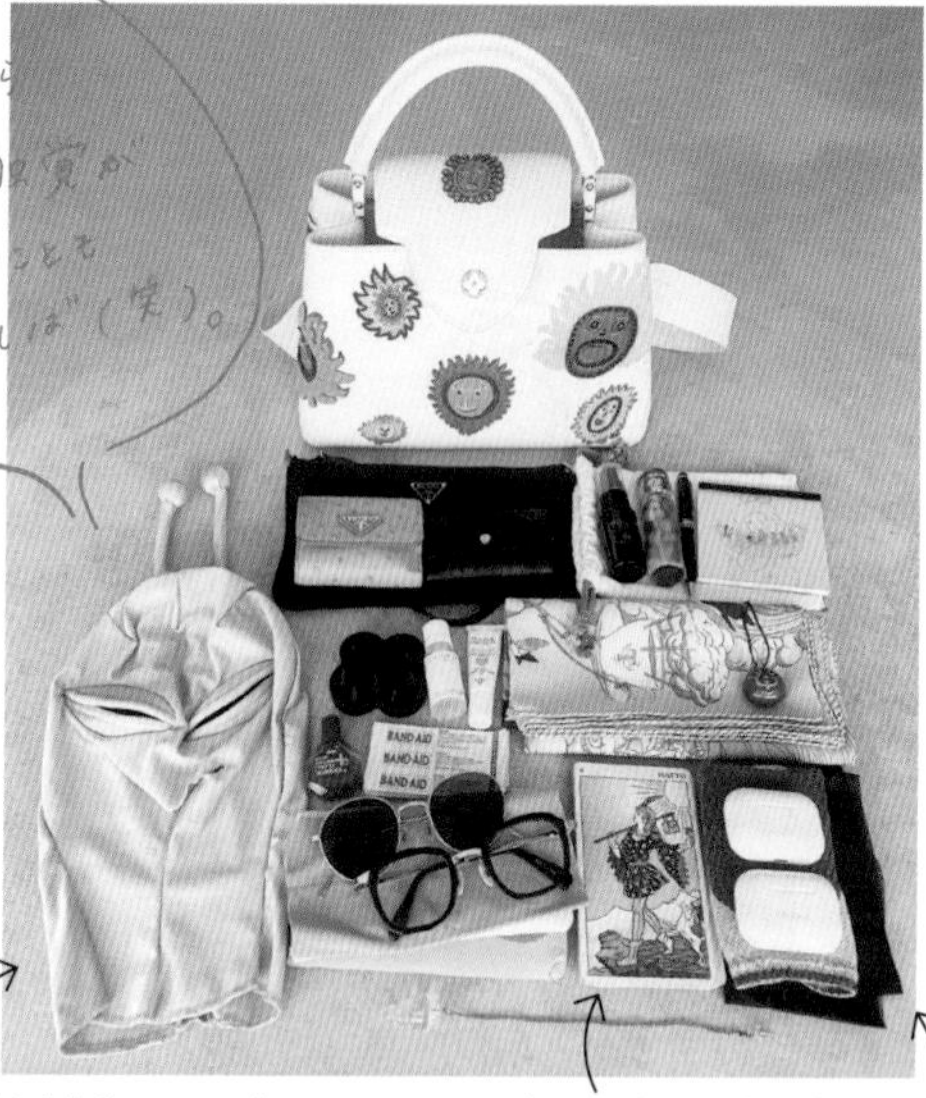

※これは宇宙人になれるフルフェイスのマスク。写真を撮るときなどに。

タロットカードは必須！使い捨てエプロンは、トマト系パスタを食べるときに使います。

祖母の形見のパールネックレスは大活躍！コーディネートによく取り入れます。

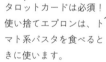

くつろぐ時間を過ごすリビングには、シェフとマスターの似顔絵を。

1週間で破壊された巣箱。

ベランダは第2のリビング。中にエサを入れて巣箱を設置したら、あっという間に小鳥たちに破壊されました。

＼我が家のシチリア食器たち。／

この色合い、モチーフ……見ているだけでもいちいち幸せな気持ちになります。毎日がHappy♡

寝ている間は宇宙に帰り、
オーバーホールされて翌朝
戻ってきています。

玄関を開けて
すぐ出迎えて
くれるシェフとマスター、
そしてキャメアート！

トイレは、大好きな空間！

ネコちゃんの中にお
香を入れると、口か
ら煙が出てきます。

だいわ文庫

いちいち幸せになる本

キャメレオン竹田

大和書房

PROLOGUE

人生はいちいち「今」が見どころで、それをどう楽しむか！
それだけである。
さあ、人生のすべてを楽しもう！

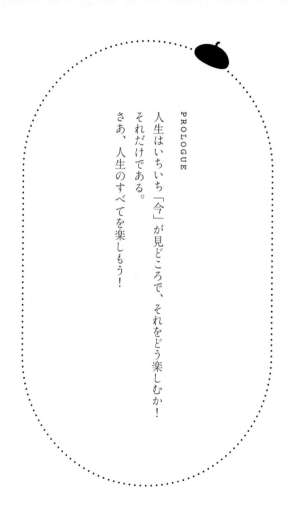

目次

CHAPTER 1
今のわたしになるまで

CHAPTER 2

いちいち「気分が上がるほう」を選ぶ

CHAPTER 3

いちいち「楽しい・簡単・面白い」を選ぶだけ！

CHAPTER 4 わたしの人間関係

CHAPTER 6

いちいち「不思議」を堪能する

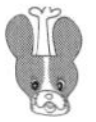

CHAPTER 1

今のわたしになるまで

わたしが生まれる前の〝事故紹介〟をします

すべての生命は奇跡的です。

どこかがちょっとズレるだけで、その人は生まれなくなります。

これがどういうことか具体的にイメージしていただくために、ここで、私のおじいちゃんとおばあちゃんの話をしたいと思います。


わたしのおじいちゃんは、第二次世界大戦のときに健康診断で痔《ぢ》だったために、兵隊にならなくてすみました。また、仕事で出張先からの帰り道、たまたま電車に乗り遅れることで鉄道事故を免《まぬが》れました。

おばあちゃんは、子供のときに海で溺《おぼ》れ、かなり流されてしまって「もうダメだ」と思い、片手を上げて〝浮くだけ作戦〟をしたそうです。そうすると、気がついたら助けてもらえていたそうです。

また、お盆に自転車で菊の花を買いに行ったときに、大型トラックがおばあちゃんに向かって突っ込んできたのですが、触れるまであと1ミリくらいのところで奇跡的にすり抜けることができたそうです。

これは、ご先祖様が助けてくれたとおばあちゃんは言っていました。


さらに、おばあちゃんは、おじいちゃんは好みのタイプではなかったそうですが、お見合いで結婚しちゃったそうです。

お見合いには、他にお金持ちの優良候補がいたそうです。おばあちゃん曰く、その人は茨城で2番目のお金持ちだったそうです（それはかなり話を盛っていると思います。笑）が、なぜか、そちらは断ったそうです。

おばあちゃんの直感的なものが働いたのでしょうか。後々、その相手は早くに亡くなったそうです。


さて、これは私が生まれるずっと前の、自己紹介ならぬ〝事故〟紹介でした。

ご覧の通り、事故だらけです。どこかでたった一つでもボタンの掛け違えがあったら、**今、わたしはここにいません。**

こういった奇跡が積み重なって、わたしが誕生したわけです。そして、わたしの人生がはじまり、今は人生の後半に差し掛かっております。

こうした〝奇跡〟の積み重ねで生まれた命は、何もわたしだけではありません。今、この文章を読んでくれているあなただってそうです。

誰の人生も、不思議なことだらけ。そんな不思議を一緒に語りたくて、この本を書くことにしました。

人生はいちいち、ただ導かれているだけ

生まれる前に、自分が生まれる予定の家を内見しに行った話

わたしは、すごく夢を見ます。すべてカラーです。

何回も同じ夢を見る場合もあれば、1回しか見ていないのに、忘れられない夢もあります。

そして、正夢も見ます。現実の続きが夢の中で展開されることや、夢の続きが現実で起こることもあります。

ただ、それが正夢だったとしても、現実にいつ、どこで起こるかなどはわからないので、基本的には誰にも言いません。

しかし、いざ本当にそれが起きたときの映像と、夢の中の映像とが一致することはよくあります。

とにかく夢をよ〜く見るのです。

で、わたしは生まれる前の夢を何度か見たことがあるので、その話をしたいと思います。

これは、生まれる前の「待機所」？

1つ目の夢は、自分がカラフルな風船の中のようなところにいる夢です。生まれる前の子供たちが何人かいて、そこで跳びはねて遊んでいます。で、一人、NHKの子供向け番組の「歌のお兄さん」みたいな人がいて、その人が、外とのやりとりをしてる感じでした。

私はその場所がとても好きで、落ち着いていて、幸せだった記憶があります。そこは、わたしたちが生まれる前の待機室だったのかな⁉

2つ目の夢は、上空から、自分が生まれる家をチェックしにいく夢です。家の屋根の上には、とても若い頃のお父さんと、お父さんの弟（叔父さん）と、おじいちゃんがいます。その夢には、お母さんと、お兄ちゃんとおばあちゃんは出てこなかったので、そのときたま家の中にいたのでしょうか。

特に何があったというわけではなく、ただ、チェックしにいくだけで終わるんですが……。

ちなみに、お父さんの弟がなぜ、わたしの夢の中に出てくるのだろうと不思議に思っていましたが、お父さんの弟は、わたしがとても小さい頃は、一緒に住んでいたらしいです。わたしは、それをまったく覚えていなかったのですが。

住む家を内見するのは、昔から大好き！

これはきっと、わたしが上空から生まれる予定の家を、事前に内見しに行ったのだろうと思います。

でも、普通はこんなことをしないと思うので、こっそりやってのけたのかもしれません。**「いちいち気になったらやってみちゃう」という私の性質は、生まれる前からのものだった**のでしょう。

私は普段から〝いちいち〟気分が上がるほう、〝いちいち〟簡単でラクなほう、〝いちいち〟自分を大事にして幸せになれるほうを選びます。

「いちいち気になったらやってみちゃう」というのは、まさにそうです。

本書では、この後、その「いちいち」を、皆さんにご紹介してゆきたいと思います。

その人の人生って、「生まれる前」から始まっている

気がついたら「絵」や「創作」が好きだった

わたしが、ハッキリ自分が自分であることがわかったときには、もうすでに3歳でした。3歳以前の記憶は、あまりありません（よく、3歳までは前世の記憶で、3歳からは今世の人生ともいわれていますよね。ちなみに、わたしの今世の記憶の一番最初のシーンは、家族で茨城県にある袋田《ふくろだ》の滝の吊り橋を渡り終わったところです）。

その頃のわたしはすでに、お絵かきや塗り絵が大好きで、気がつくとティッシュのケースや、電話の横に置いてあるメモ帳、新聞の広告の裏側の白いスペースに絵を描いていたり。

また、チョークのような素材の石（ろう石!?）を拾ったときには、必ずといっていいほど地面に絵を描いたりしていました。

もちろん普通の石で土の地面に絵を描くということもやっていましたが、普通の石はチョークのようにスッとは絵を描けません。スッと描けるのはとても楽しかったので、チョークのような石を拾ったときには、ラッキーな気持ちになりました。

小学校に上がると、わたしが日直当番の日の日誌はイラスト満載になるし、教科書の右下にはパラパラ漫画、教室の後ろの黒板は、わたしのお絵かきスペースになりました。

入院したとき、楽しみでたまらなかったもの

4歳の頃、母親が、絵をトレースできる薄い紙を買ってきてくれました。これはいろんな絵の上に敷いて、絵をなぞれるので、使うのがとても楽しかった記憶があります。幼稚園生になると、みんなでわちゃわちゃ遊ぶよりも、とにかく何かを創作する時間がとても楽しかったです。

ちなみに、私は13歳ごろまで、小児喘息《ぜんそく》で息が苦しく（なかなか地球の空気に馴染《なじ》めなかったのか⁉）、すぐに風邪を引くし、体が弱めでした。幼稚園の年長のときは、肺炎で

入院することになります（しかしこのためか、大人になった今では、免疫力が最強になっております）。

でも、わたしはそれがとても嬉しかったのです。なぜなら、入院すると、同じ組のみんなが絵を描いて、それを先生がお見舞いに持ってきてくれるというイベントがあったんですね。

わたし以外の子が入院したとき、それがあったので、いざ自分が入院したとき、わたしは、それがとっても楽しみでした！

そして、それは、みんなが描いた絵は、いよいよわたしの手元にやってきました。クレヨンで描いたいろんな絵が束になって、画集のように仕上がっていました！　それを受け取ったとき、すごく嬉しかったのを今でも覚えています。

自分が創作をするのも好きですが、人の創作に触れるのも、当時から大好きだったんですね。

わたしの「創作好き」は、おばあちゃん譲り⁉

そうそう、わたしのおばあちゃんは、いつも油絵を描いていました。おばあちゃんの描いているものは、花や魚が多いんですね。

ちなみに、なんで蟹《かに》やヒラメ、貝殻など魚介類がモチーフの絵が多いのかというと、きっと、おばあちゃんが、港町である茨城県の大洗《おおあらい》育ちだからでしょう。

おばあちゃんは、東京の日展に出展したりもしていました。そのために、自分の描いた絵を大きくて立派な額縁に入れることもあり、それが近所の病院に飾られていることもありました。

親戚の家などには、絵をあげたりもしていたようです。

あと、わたしの記憶が確かならば……、

スイカ屋さんがスイカを売りにトラックであらわれたときに、おばあちゃんは自分の絵と交換してスイカをゲットしていた気がします。

わたしが一番印象に残っているのは、おばあちゃんと一緒にバスに乗って、何度か一緒に画材屋さんに行ったことです。

画材屋さんの空間は今でも大好きで、ワクワクが止まりません。魂が喜ぶのがわかります。

誰しも「そこにいるだけでワクワクする」とか「それをするだけでワクワクする」ということがあるはず。

それは、ぜひ追求すると良いと思います。

ちょっとスピリチュアルな話になりますが、「今世、やろうとしていること」を教えてくれる魂からのメッセージだとわたしは捉えています。

「ワクワクすること」はとことんやってみよう

小学生のときからクリエイティブ！

小学生になると、わたしが好きな授業は図工と道徳でした。

小学2年生のときに、運動会の絵を描くことがありました。

そのとき、わたしのお道具箱の中のクレヨンは、わたしがそれまでに使いまくっちゃったせいか……、

残っている色が、赤と白と黒とうすだいだいくらいだったんですね。こうなるとあまり色を使えないから、運動会の、赤組、白組の玉入れの絵を描くことにしました。赤と白の玉を入れている人たちと、それを応援席で応援している人たちを描きました。応援している人たちは、紅白帽を手にして、自分達が応援する色を表にして、帽子を振っています。

描いているうちに、どんどん楽しくなってきて、あっという間に描き終わりました。

そして、時は過ぎて、小学6年生のある日のことです。お友達の女の子が、私のところに来てこう言いました。

「キャメちゃん（当時のあだ名は違いますが、すべてキャメちゃんに統一しておきます）が描いた絵が、2年生の廊下に飾られてるよ！」と。

そして、見に行ったところ、その運動会の絵が額に入れて飾られていたのです。

いつから飾られているんだろう⁉

そして、そのお友達も、よく、これを見つけたな！

てゆうか、わたしが描いた絵を覚えているというところがすごいな！

先生から聞いたのかな⁉　という思い出があります。

「葉っぱ人間」になったわたし

小学2年生のときは、もう一つクリエイティブなエピソードがあります。

図工の時間に、校庭の草花を使って、着るものや、身につけるものを、なんでもいいので創作するというお題が出ました。

わたしは、全身に葉っぱを身につけて、葉っぱの服と冠《かんむり》を作りました。

葉っぱ人間です。

創作の時間が終わり、結果発表となりました。先生が男子と女子、それぞれ第3位から発表をしていきます。

女子の部で2位の子は、お花で指輪を作りました。とても器用で「うわ～すごい！」と思いました。

そして、女子の1位には、なんとわたしの名前が呼ばれました。

まさか、自分が1位になるとは思っていなかったので、びっくりしました。創作中は、ワクワクして、時間を忘れて、ただそれに夢中になっていただけでした。

ワクワクしているときに作ったものって、ある意味、宇宙と一体化して宇宙そのものになっているので、高いエネルギーを発していると思います。ですので、他人も何かしらのエネルギーを感じ取って、魅力的に見えるのかもしれません。

授業の課題の「創作ダンス」も全力で面白がる！

中学2年生のとき、創作ダンスでリーダーとなり、わたしのチームが優勝したこともあります。

そのときも、思いつくままに、とにかく面白がりながらダンスを創り上げました。踊りと音楽を組み立てるのがとにかく面白く、ただただ楽しんでいただけで、学年で優勝することができました。

ちなみに、わたしは体育の成績が常に3で、運動神経はふつうです。

このときも、面白がりながら楽しむことに集中していたから、優勝できたのだと思います。「勝たなきゃ！」などと思っていたら、かえって優勝から遠ざかっていたかもしれません。

「楽しくってしょうがないこと」は、他人から見ても魅力的で注目されやすい

まわりから勝手に「意識」されたら

ちなみに、子供の頃のわたしは、まわりから勝手にライバル視されることが何度かありました。こちらとしては、あちらを、まったくもって意識すらしていないのに、あちらはこちらを、めちゃくちゃ意識してくるのです。

その中でも……、

Yちゃんという子は、かなり、わたしを意識していたようです。

小学1年生のときのことです。テストの点数がわたしに負けたときに、Yちゃんはこちらにガンを飛ばしてきたり、自分が汚した机を「キャメちゃん（わたし）がやった」と周りに言い触らしたりしました。

一方、わたしはというと、Yちゃんを相手にして事態を長引かせるのは面倒だったので、弁明せずに自分がやったことにして、机をきれいにしてあげました。

そしてYちゃんは、小学4年生のときにも、こんないじわるをしてきました。彼女とわたしは、同じ器楽クラブに所属していたのですが、Yちゃんは自分の小太鼓の下が少し割れていたのを……。

「キャメちゃんが勝手に交換したんだよ！」

と嘘をついて、わたしに濡《ぬ》れ衣《ぎぬ》を着せようとしたのです。Yちゃんが濡れ衣発言を触れ回っているうちに、わたしは自分のきれいな小太鼓と、少し割れている小太鼓を、こっそり交換してあげました。

わたしにとっては、そうゆうのはどうでもいいことだったので。

そのいじわるは、「うらやましさ」の裏返し？

Yちゃんのいじわるは、毎回、同じパターンでやり方は変わりませんでした。

そんなYちゃんですが……、

中学校に入るといきなりわたしのことをいろいろと褒めてきたので、もしかして彼女は、わたしのことを、内心ではうらやんでいる何かがあって、面白くなかったのかも知れません。

人は、考え方も感じ方も価値観も、すべて違う生き物です。その人のことは、その人の人生を最初から経験しないとわからないものです。
だから、一時的にびっくりしたとしても、相手の「負の感情」に飲み込まれる必要はありません。

ちなみにわたし自身にとっては、「どうでもいいこと」なので、あまり、いろんな意味で、Yちゃんにかまってあげられませんでした。

他人からどう思われるかなんて、本当に「どうでもいいこと」

物心がついたときからずっと「占い」が好き！

先程「絵や創作が好きだった」というお話をしましたが、占いも、物心がついたときから大好きでした。

小学校に上がる直前くらいに、占いの本を買ってもらいました。その本は子供用で、文章も簡単なのですが、自分の占いのページを見たところ、「32歳で人生が変わる」と書いてあったのです。

わたしは実際に32歳のときに会社員をやめ、占い師として独立するので、結果的にこの占いは当たったことになります。

小中学生の頃は、「My Birthday」という占い雑誌を愛読していました。この雑誌には時たま付録にタロットカードがついていたので、それで自分や友達を占っていました。

小学5年生のときはクラスの新聞係をしていたので、新聞の占いコーナーもイラスト付きで自分で書いていたり。

中学生になると、姓名判断に興味が出てきて、本屋さんで姓名判断の本を買い、画数を読み解いて相性診断もしていました。

わたしの「運命の相手」を見抜いたタロットカード

高校生のときは、タロットカードが一番好きでした。

当時のタロットカードにまつわるエピソードで、印象的なことがあります。高校2年生のときに付き合っていた竹田くん（今の旦那さん）との未来をタロットで占ったところ、「皇帝」のカードが出ました。

皇帝のカードは、「継続力」を暗示するカードです。ドキドキとかはないものの、継続力があり、ちょっとやそっとではダメにならない、安定感があるカードなんですね。

これを見たとき、**「おや⁉　もしかして、結婚する人なのかも」**と思ったんです。

これも、結果的に、当たったといえるのではないでしょうか。

そして時は流れ……、

わたしは占いが好きだけれど、ただ、占い師で食べていくという方法がわからなかったので、普通に会社員になりました。

29歳で結婚をするのですが、それを機に、本格的に占いを基礎から勉強し、占いの本を山ほど読んで、占い師になる道に突き進むことになります。

あなたの「気がつくとしちゃっている」ことは、何ですか？

手当たり次第、ありとあらゆる占術を学んでみた！

これまで、わたしが勉強したことのある占いは次の通りです。

・タロット
・西洋占星術
・四柱推命
・紫薇斗数《しびとすう》
・フラワーエッセンス占星術
・アロマ占星術
・方位学
・風水

・姓名判断
・手相
・ダウジング　　　　　……etc.

勉強してみないことには、どれが自分に合うかわからないので、とりあえず気になるものはすべて学びました。

タロット占いの印象的なエピソード

その結果、わかったことは……、
自分は、タロットと西洋占星術がとにかく大好きということです。

タロットはどんなことも占えるので無限に楽しめるし、いろんなカードがあるので、いちいち楽しいのです。日常的に使えるのも最高です。

タロット占いでの印象深い話としては、あるクライアントさんから、

「ある芸人さんと一緒に仕事をする話が来ているのだけれど、それはやってもいいのか

どうか？」

というご相談を受けたことがありました。早速タロットで占ってみたところ、結果に「青天の霹靂《へきれき》」を意味する「塔のカード」が出たんですね。

わたしは、「その話はなくなりますよ」と回答しました。

すると、それからすぐに、その芸人さんが交通事故で亡くなってしまったということがありました。当時は、ニュースでも大きく取り上げられました。

積み上げた本が、自分の背丈よりも高くなるくらい！

また、西洋占星術は奥が深いので、学べば学ぶほど面白くてしょうがありませんでした。**西洋占星術については、自分の背丈よりも高くなるくらいたくさんの本を読みました**し、気に入った本があると、ボロボロになるまで読み込みました。

お風呂にもトイレにも持参です。

ずっと西洋占星術を学んでいたくて、お風呂やトイレに行く時間、そして寝る時間でさえも、もったいなかったのです。ラーメン屋さんにも本を持って行って、忘れて帰ってきて、焦ったこともあります（笑）。

ある程度、西洋占星術が読めるようになってくると、自分の人生が星の動きにとてもリンクしていることがわかって、未来予測も楽しくてしょうがなくなっていきました。

占い講座で目にした、わたしたちの「不思議な力」

西洋占星術の先生で一番の巨匠といえば、松村潔《きよし》先生なのですが、松村先生の講座にも通いました。

当時、松村先生は、西洋占星術だけでなく、リモートビューイングという講座もやっていました。それは、どんな講座だったかというと、こんなものです。

みんな写真を持参して、その写真をシャッフルし、白い封筒に入れます。中身はまったく見えません。そして、3人ずつのグループに分かれて、その封筒の上からどんな写真なのかを透視《とうし》するのです。

隣のグループから……「手がたくさん見える！」とか、「裸の人がたくさんいる！」などの声が聞こえてきました。

「あー!!! それは、わたしが持ってきた写真だ!」

ということがわかりました。わたしが持ってきたのは、バリ島のケチャダンスの写真だったからです。

結構、みんな写真のまんまを言い当てたり、絵で描いてみせたりするので、人間はこういった能力(見えないはずのものを見る力)が元々あるんだなと思った次第です。

ちなみに、わたしは、何も見えませんでした。そのイベントに参加したのが初めてで、「みんなすごいな～」ということに意識が向いていたからかもしれません。

いろいろ試すから「やっぱりこれが好き!」がわかる

さて、他の占術に関しては、こんな感じです。

四柱推命は面白いけれど、流派がたくさんあったり、計算するのが面倒だったりで、自分には合いませんでした。

紫薇斗数は、四柱推命よりは簡単だったのですが、生まれた時間がわからない人は占うことができないから、あまり使えないなと思いました。

フラワーエッセンス占星術やアロマ占星術は、フラワーエッセンスやアロマを持ち運ぶのが重すぎてやめました。かっこいい木箱のバッグなどもあって可愛いんですけどね！

方位学は、結局行きたい方位に行けないのって何なん⁉ と思ってやめました。占いは好きだけれど、占いに縛られては意味がないですからね。

風水は、何だかんだいうけど、結局「住む人が心地よいのが一番大事」という結論に達しました。

姓名判断は、画数が悪くても最高の人生を送っている人もいるので、まあ、趣味程度でいいだろうと思い……、個人的にだけ、使うことにしました。

手相はとても簡単で、いつでも取り入れられるし、使い勝手がいいです。ちなみに、占い師になったばかりの頃は、携帯ショップや女子大の学園祭などに呼ばれて、手相を見たりしていましたが、いつも手相はとても人気で、長蛇《ちょうだ》の列になりました。
手相の良いところは、開運線を書いちゃえば開運できるというところですね！

ダウジングは、かなりお気に入りで、個人的によく使います。たとえばわたしが本の出版をするときに、ブックデザイナーさんは本の装丁のアイデアをいくつか作成してくれることが多いので、それを選ぶときにも重宝しています。
また、引っ越しなどのときは、図面の上でダウジングをすれば、自分にとても合う家を選ぶことができますし、友人の引っ越しのときも頼まれて見てあげたりします。とにかく、ありとあらゆることに使えるので、ダウジングに使うペンジュラム（振り子）は、大概、わたしのバッグの中に入っています。

わたしの占いの勉強遍歴についてご紹介してきましたが……、
ここから一つ、自信を持って言えること、ぜひおすすめしたいことがあります。
気になることは、手あたり次第でいいから、一度は実際にやってみよう！

この一言に尽きます。

これって、オリーブの木の剪定《せんてい》に似ています。

オリーブの木って、たくさん枝がありますが、より太い枝を残して、細い枝を切っていきます。そうすると、太い枝により栄養が行き渡り、どんどん太くなっていくのです。

わたしたちはたくさん枝（可能性）を持っているので、いろいろ迷います。**実際に「ちょっとやってみる」ことで、どっちに進んだほうがいいのかが見えてくるのです。**

この、本当にやりたいこと、向いていることを見極めるための「ちょっとやってみる」は、意外にとても大事です。

いろいろやってみることで、はじめて「自分に合うもの」がわかってくる

「昼間は会社員、夜は占い師」からキャリアをスタート

32歳で占い師として独立するまでは、昼間は会社員、週1〜2回、夜は占いの館で占い師、という生活をしていました。

占い師としての場数を踏むためです。

占いというのは、知識を得るだけでは占いが上達しないのです。いろんな人を対面で鑑定して、実践でカウンセリングのコツをつかんでいきます。

いくつかの占いの館で鑑定をしていましたが、わたしがはじめてドアを叩いたのは、渋谷にある「フォーチュンカフェトリン」です。

占いの館というのは、あまり占い師を募集していないことが多いのです。なぜかというと、一度そこに所属すると、みんな、なかなか辞めないからです。それに、たとえ募

集していたとしても、「占い師経験3年以上の方」などと書いてあることがほとんどでした。

当時は、まだSNSなどで集客して個人で鑑定する時代ではなかったので、最初はとりあえず、どこかに所属することがポイントでした。

たとえ募集していなくても、とりあえずアタックする

このフォーチュンカフェトリンも、占い師を募集していませんでした。しかし、わたしはお店に電話をして、

「そちらで占い師をやりたいのですが……」

と問い合わせをしたんですね。

すると、ちょうどタイミング良く、水曜日に空きが出そうな感じのようで、面接をしてくれることになりました。

オーナーは、大曲《おおまがり》さんという方で、まるでプロレスラーのようなルックスで、髪形は『キン肉マン』に出てくるラーメンマンと、ほぼ同じでした。そして、この大曲さんを西洋

占星術で占うというのが面接でした。

その頃、わたしは西洋占星術はまだ、片言の日本語を話す外国人のようにしか解説できなかったのですが、なんと、合格することができたのです（笑）。

こうして「キャメレオン竹田」が爆誕した

占いの館に所属することになったわたしは、占い師の名前を本格的に考えることになりました。

このときに、「キャメレオン竹田」という占い師の名前が出来上がりました。

なぜこの名前ができたかというと……、

わたしは動物がとにかく好きなので、まず、動物と名前のセットにしようと考えました。そして姓名判断も考慮し、自分の一番好きな24画にしたかったんですね。

最初に、「竹田カメレオンはどうかな?」と思って、画数を調べると、24画にちょっと足りず、「カ」を「キャ」にしてみたら、ちょうど24画になりました。こうして「竹田

キャメレオン」に決めようとしたのですが……、
それを大曲さんに言うと、

「竹田キャメレオンではなく、キャメレオン竹田がいいんじゃない?」

と言われました。

こうして、キャメレオン竹田が誕生しました!

夢だった「占い師で食べていく」第一歩を踏み出す

ちなみに、わたしのホームページに載せている名前の由来は、次の通りです。

(1)カメレオンは色を変えます。いろんな色に変身して、自由自在に楽しく生きる!
(2)関わる人の色(波動)を調整し、『千と千尋の神隠し』に出てくる薬湯のように、遊びながら、みんなを本当の自分に戻していく!
(3)「カメレオン」を「キャメレオン」にすることで、姓名判断の中でも超大吉の24画!

こうしてわたしは、占いの館で、念願だった占い師になることができました。その後、他にも、銀座や中野など、いくつかの占いの館を掛け持ちして、場数を踏んでいくことになります。

やってやれないことはない、やらずにできるわけがない by斎藤一人さん

自分探しの20代

わたしの20代は、自分は何で食べていくかを模索していたところがあります。ですので、自分の好きなことで身を立てる方法、例えばイラストレーターや書道家、料理研究家などの道も考えました。

もちろん、占い師にはずっとなりたかったのですが、そのころのわたしは、占い師は自分が食べていける職業だとは、まだ思っていなかったのです。

イラストに関しては、Ｍａｃのパソコンに、イラストレーターやフォトショップのソフトをそろえて、本を読んで勉強してみました。

しかし、ちょっと独学では難しく、中途半端な感じで、自分の中の流行が終わりました。

また、デッサン教室にちょこっとだけ通ったこともありましたが、すぐに飽きました。書道は、書道教室に通いました。子供の頃も習っていたのですが、書道は、自分が食べていく仕事にするのはちょっと違うな〜と、すぐに気がつきました。

料理は、辻クッキングのインストラクターコースに通いました。こちらも最初は楽しかったのですが、だんだんテンションが落ちてきました。しかし、しっかり修了はしました。

いろいろ試すと「何か違う」が見えてくる

結論から言いますと……、

すべて、自分が本当にやりたいこととは何かが違う！

ということがわかりました。

やってみないことにはわからないので、20代はいろいろ試してみることができて、自分にとって、とても大事な時代だったなと思います。

そして、絵に関しては、イラストを依頼される仕事をしてみたことで、自分が商業イラストレーターではなく、アーティストとしての画家向きだなということもハッキリとわかったのです。

すべては、やってみないことにはわからない

わたしが「ロボット人間」だった頃

会社員時代、特に最初に勤めた会社では、とにかく、黙々と働きました。
言われたことをただやる！
無駄なおしゃべりはしない！
なんせ、会社のスローガンが……、
「すぐやる！　必ずやる！　できるまでやる！」でしたからね。

次から次へと仕事をこなしているうちに、こなす仕事量がどんどん増えて、1人で5~7人分の仕事をしていたのではないかと思います。
すべてをスピーディーにこなしていたので、仕事中の話し口調も、早口言葉みたいになっていました。

そして、会社の人とのコミュニケーションもよくわからなくなってしまいました。何というか、すべてがやっつけ仕事と言いましょうか。

1日が過ぎるのはあっという間で、「自分が疲れていること」にも気づけず忘れていたので、帰り道に一気に疲れが出るのか、スローでしか歩けない自分がいました。

魂が抜けているように見えたのか、道ゆく人から、「大丈夫?」と声をかけられたこともあります。

家に帰って、気がついたら、カバンの中に頭を突っ込んで、そのまま意識を失って寝ていたこともあります(笑)。

奈落の底に落ちていった20代

また、仕事で手一杯のときに、たくさんの荷物を急いで1階に持って行くように頼まれて、両手で抱えて階段を急いで降りたときに、転《こ》けてしまい、鼻が折れ、鼻血が水道の蛇口のように勢いよく吹き出したので、びっくりしたことがあります。

そのまま病院に送ってもらいました。わたしの鼻が落下の衝撃で曲がってしまったので、病院でお医者さんに逆側に折り返されました。

しかし、それでも鼻は少し傾いた感じになっております（自分ではわかるけれど、人からは気づかれない程度ではあります）。

それからというもの、人生がちょっと波瀾万丈になりました。いやちょっとどころではないのですが。

20代中盤、わたしは人生の奈落の底に落ちていきました。しかし、それは書けません。内緒です。

鼻が曲がっても「大丈夫！」になる考え方

ちなみに、鼻は、人相的にとても重要です。そこが少し曲がってしまったというのは、わたしの人生は一筋縄では行かなくなってしまったということなのです。

でもまあ、今のわたしから、その頃の自分を、いっぱい褒めてあげたいと思います。

あの頃があるから、今の自分があるのですからね！

また、鼻が曲がったことで、人相的には、個性的な世界観を活かしていけば、仕事で成功できるという運勢になりましたので、占い師や画家になるには、逆に良かったのではないかと思います。

どんな困難も、視野を広くして見たら「大歓迎」！

過食症になってしまった件

そんなとき、わたしは、過食症になりました。

当時のわたしはロボット人間だったので、ストレスをストレスともわからなくなっていました。でも、体は正直に「これ以上は無理！」とSOSサインを発信していたのでしょう。

ストレスで食べて、食べすぎて太るから食べないでいると、抑えきれない食欲に襲われて……の繰り返しでした。

そのスパイラルを繰り返しているうちに、体の飢餓モードがONとなり、ちょっと食べただけで太るという状態になってしまったのです。

こんなこともありました。紀ノ国屋で美味しそうなプリンを買って、翌朝食べるのを楽しみにしていたのに、朝起きて冷蔵庫を見たら、もう食べ終わった空《から》の容器しかないのです。

そうなんです。自分が無意識に夜中に食べていたのです（笑）。

で……、わたしの過食症の治し方としては、**太ってもいいから、我慢せずにきちんと食べる！**　これに尽きました。

こうすると、一時期は必ず太るのですが、体の飢餓モードが解除されると、普通の体型に戻ることができました。

「健康的な食事のとり方」はとっても大事

子宮内膜症、大爆発！

さて……、このときやっていた会社員の仕事は、本来の自分のやりたいことではなく、食べるためだけの仕事だったので、ストレスは知らぬ間に溜まっていきました。

この頃のわたしは無意識に「本当の自分」を押し殺していたようで……、その影響はハッキリ健康に表れました。わたしの「子宮内膜症のチョコレート嚢胞《のうほう》の大きさ」は、「ガマンの大きさ」に比例していきました。

子宮内膜症は、生理が始まった中学一年生の冬くらいからずっと、持病としてお付き合いしていました。

生理になると、なぜかお尻を下から突き刺すようなものすごい痛みがありました。この痛みはかなりハードで、授業も集中して受けることができないくらいでした。なので、当時は生理になると保健室で寝ていたり、机にうずくまっていたりしたこともあります。

しかし、寝ていてもダメなんです。ものすごい痛みが突き刺してきますから。

それが限界に達したのが、22歳のときです。婦人科に行くと、卵巣が大きくなりすぎて爆発寸前だということがわかりました。

それからは、薬で生理を止めてチョコレート嚢胞を小さくしたり、またはアルコール固定といった処置をしたりと治療を続けていましたが、再発を何度も繰り返していました。

わたしは29歳で結婚をしたので、その際に、転職をしました。

新しい会社での仕事は、議事録を取ったり、資料をまとめたりと、丁寧にゆっくりやればいいものばかりだったので、前職よりとってもラクでした。占い師との兼業にもってこい、といったところです。

わたしの体からの「最終警告」

ですが……、また、子宮内膜症は再発し、32歳のときに卵巣が爆発寸前になります。

いよいよ、もう限界に達して、左の卵巣を摘出《てきしゅつ》することになりました。

この32歳のときの「子宮からのお知らせ」は、

「そろそろ自分の人生を生きましょう！」

という最終警告でした。

ですので、わたしはそれをしっかり受け取って、会社員生活を終わりにし、占い師として独立したのです。

すると、好きなことしかしなくていい生活がスタートし、毎日とても充実感を味わえるようになりました。

そして、本当にそれ以来、子宮内膜症の再発もなくなったのです。

「本当の自分を生きなさい」と、体調不良が教えてくれている

自分を押し殺していると、こんな「サイン」がやって来る

このように、わたしの若い頃を振り返ると、体調不良との付き合いが長かったです。
先程もお伝えしたように、生理が始まった中1の頃からずっと子宮内膜症でしたし、その前はずっと小児喘息で呼吸困難でした。
これは、**幼い頃から、周りの人に合わせて、ずっと本当の自分とは、かけ離れた自分を演じていたからでしょう。**

小中学校は、クラスによって世界が変わります。自分と合わないクラスに当たってしまったときは、修行と思って割り切って、「取り合えずまわりに合わせておこう作戦」で過ごしました。

太宰治の『人間失格』という小説があります。そのお話の主人公は、幼い頃から道化《どうけ》

を演じていましたが、子供の頃のわたしも、まさにそんな感じだったように思います。

32歳のときに独立して、「本当の自分」を生き出してからは、体調は絶好調になりました。

「自分は社長になるほうが向いている」と悟った会社員時代

ちなみに、最初の会社のハードな会社員時代、こんなことを考えていました。

わたし、この仕事量をこなせるってことは、今のように「会社の戦力」として雇われている立場ではなく、自分が社長になって仕事をするようになったら、簡単に今の5〜7倍は稼げちゃうんだろうな。

実際に独立してすぐわかりましたが、それは本当でした。会社員のときの5〜7倍の収入は、早めにクリアできました。

また、二社目に在籍した会社で、議事録をまとめたり、資料を作ったり、みんなにメールを送ったりしていた仕事。

独立すると、いろんな会社とのやりとりを全て自分でやるようになります。だから、このときのスキルは、後々、とても役立ちましたね！

いろいろありましたが、

「やっぱり、全部経験しておいて良かった〜！」

と思うことばかりであります。

どんな経験も、どん欲に糧《かて》にしていくのがわたし流！

揺れない！
家族から、進路を反対されてしまっても

わたしが本格的に占い師になろうと、占いを学びはじめたときのことです。つい口が滑って、占いの勉強をしているということを、親に言ってしまったことがありました。

わたしの親は占い師に対して、こんなイメージを持っていました。

・胡散臭《うさんくさ》い
・詐欺《さぎ》師
・カルト系新興宗教の可能性

こういった先入観（偏見）が……（ちょっと話がズレるかもですが、基本的に親世代の方の価値観は、自分より約30年は遅れているので、その世代の人としては、普通の反応でしょう）。

「やめなさい！」

予想通りのことを言われました。なので、わたしは、その場では、

「はい、やめます！」

と言っておきました。

もちろん、占い師になる夢はあきらめません。

こういうときは、嘘も方便です（よりくわしく説明すると、アドラー心理学でいう「課題の分離」という考え方を採用しました。つまり、親の思い込みは、自分の課題ではない、と考えたのです）。

親世代の常識は、今の時代に合わないこともある

しかし、それから何年か経って、わたしがいよいよ占い師デビューをしたときに、たまたまわたしが載っている占いサイトを、親に見つけられてしまいました。

そのとき、親は、新興宗教にハマってしまった子供を脱会させるような感じで、非常に興奮し、わたしが占い師をあきらめるように、いろいろ強い言葉で説得しようとしてきました。

人は、自分が知らないことに対して、想像を膨らませ、非常に恐れを持つ生き物です

から、しょうがありません。

しかし、こちらの心の中は、雲一つない空のように無の状態でした（笑）。犬がいつかは吠え終わるように、人の感情も、だんだんおさまってきますからね。

わたしは、親に反対されても、自分の仕事を変えるつもりは全くありませんし、一切、揺らぎませんでした。**わたしの人生は、誰かに認められるとか認められないとか、どうでもいいことなのです。**

時には、わたしも、誰かにアドバイスをもらうことがあるかもしれません。でも、それは、その人と同じような人生を歩みたいと思った場合です（参考にする程度だと思いますが）。

また、誰かの意見によって自分の人生（夢）を簡単にあきらめちゃうようならば、それはそもそも夢でも何でもなかったという印でしょう。

誰かの意見に揺らぎそうになったときは、揺らいでいる時点で、それは自分が本当にしたいことかどうかを疑ってみたほうが良いかもしれません。

ちなみに、周りからの反対や抵抗を受けるのは、とてもいいことです。

それがあるからこそ、自分の本心がよくわかるようになりますし、大きく飛び立つ準備がしっかり整うことにつながります。

レッツ、テイクオフ!!（ここで、プロボクサー・井上尚哉さんが入場曲にも使用した楽曲「DEPARTURE」を流したいところです!!）

自分の人生は自分の人生。周りから何一つ影響される必要なし

秒で決まった「運命の相手」

わたしと竹田くん（旦那さん）との出会いは、わたしが高校2年生の9月。わたしは16歳、竹田くんは17歳のときでした。一つ年上の兄が通う、男子高の学園祭に行って知り合いました。竹田くんとわたしの兄は同級生でした。

バスケ部と書いてある教室に入ってみると……、当時、フジテレビで「ねるとん紅鯨《べにくじら》団」という番組があったのですが、それを真似た催し物をしていました。教室に男女が合計20人くらい入って、順番に自己紹介や質問などをして、最後に男子が女子に「お願いします」と手を出してアタックする、という流れです。

で、そのとき、わたしはちょっとモテ期だったので、6~7名ほど自分のところに男子がやってきました。そこに来た男子の一人が竹田くんだったわけです。

わたしは、あまり何も考えず、竹田くんの手を取りました。

これが、竹田くんとの出会いです。

最初の出会いから現在まで

その後、ちょこっと1~2分程度、廊下で話をしました。

竹田くんに「なんでうちの学園祭に来たの?」と聞かれたので、「兄の学校だから」と答えると……、

「え! ○○くんの妹なの!」と驚かれました。

なんと竹田くんとわたしの兄は、高校2年生のときに同じクラスで、しかも前後の席だったそうです。

「兄が、俳優の裕木奈江《ゆうきなえ》さんの下敷きを持っていたことを、お互い知っている!」という話で盛り上がったり、「兄は、妹が好き!」という噂が兄の学校で立っていることを教えてもらったりしました。

そんな話などをして……、

その日は「じゃあね」と言って別れました。

それから1週間後くらいでしょうか。竹田くんは、学校の高2のときのクラス名簿から電話番号を調べて、自宅に電話をかけてきて、映画を見る約束をしました。

ちなみに、二人で最初に見た映画は、『ジュラシック・パーク』です。

そして、まだ一緒にいるということは、わたしたちはとてもご縁が深いのでしょう。

わたしたちのご縁をつないでくれた兄

ちなみに、兄の話を少し書いておくと……、
わたしの兄は、わたしとはまったく正反対です。
・ものすごく頭いい
・オタクキャラ
・高校のときは野鳥研究会に入っていた
この3点セットです。

兄はいつもニコニコしていて、学園祭のときも、わたしが兄の学校に到着するやいなや、楽しそうすぎる笑顔で、わたしと友達の分のスリッパを持ってダッシュで迎えに来てくれて、野鳥研究会の催し物に導いてくれた次第なのです。

竹田くんも兄も、通っていた高校は、もともと志望校ではありませんでした。２人とも第一志望に絶対に受かると言われていたのに落ちてしまい、仕方なくこの学校に入ったのです。

でもそのおかげで、わたしと竹田くんのご縁がつながりました。

これもすべて導かれているのでしょう。

そして、兄と竹田くんの席順が前後だったというのもね！

きっと、必要な出会いは決まっている

CHAPTER 2

いちいち「気分が上がるほう」を選ぶ（暮らし編）

引っ越し確定前に、わたしが大型家具を手配してしまう理由

わたしというか竹田家は、引っ越しが決まる前に、新しい家に合わせた家具をゲットしてしまう節があります。

最近も引っ越したのですが、いま住んでいるこの物件は、入居希望のエントリー数が多い（1つの部屋に対して4〜7件のエントリーがあるのです）ので、徹底的に審査されることになっていました。だから、わたしたちが希望の物件に入居できるかどうかは、ある意味、運のようなものでした。

結果、希望していた部屋に入れたのですが、

「そもそも、導かれていた！　わたしがそこに住むことは決まっていた！」

という話からしなければなりません。

わたしが通っている整体院があるのですが、施術中、そこの先生がいきなりこう言いました。

先生「竹田さん、もうそろそろ、引っ越すことになりますね〜」

わたし「なんで？」

先生「竹田さんの次元がすごく上がってきているので、それに合った磁場のところに移動することになりますよ」

わたしは、自分が引っ越すことはないだろうと思っていました。なぜなら、そのとき住んでいた家の居心地が最強で、「これ以上、住み心地がいいところなんてないぞ！」と思っていたからです。

しかし、それから一週間も経たないうちに……、担当の不動産屋さんから電話がかかって来たのです。

話を聞くと……、

わたしが今住んでいるマンションに、建て替えの話が出ていることと、更新が近づいているということと、めちゃくちゃいい新築物件がある、という3点セットでした。

全然引っ越す気はなかったものの、電話が終わってから、その物件をグッていろいろ見ているうちに……、

「ここに引っ越したい！！！」

という気持ちでいっぱいになってしまいました。

我ながら切り替えが早すぎる！（笑）

こんな「自分の予感」を信じる

新しい物件は、内見する前に、自分がエントリーする部屋を決めないといけないらしく……、不動産屋さんに頼んで、いい感じの間取りの部屋の図面をいくつか取り寄せてもらい、その上ですかさずダウジングをしました。

最初に「この間取りがいい！」と直感的に選んだ部屋の図面の上が、一番よく回ったので、それに決定しました。他の部屋は、思ったよりも振り子が回らなかったのです。

そして、内見して、そこに住むイメージを膨らませました。

ベランダがめちゃくちゃ広い物件だったので、ベランダに置く大きめなソファとテーブルをすぐに買いに行きました。そして、せっかくなので、ベッドも新調することにしました。大型家具は、注文してから届くまでが3カ月くらいかかるので、早めに手配しておきたいのです。

なお、内見してから、契約が確定するまでは約1カ月かかります。その間、どうなるかなんてわかりません。エントリーしても入居できない可能性は全然ありました。

しかし、自分の中では、なんかわからないけれど、確信があったのです。

この……、

「なんかわからないけど、そうなる気がする」は、たいてい間違いありません。

審査が通るまでに、わたしが心がけていたこととは

ちなみに、その頃わたしは、その物件を見に行っては（新築物件だったので、引っ越しの話が出た時点では、まだ工事中だったのです）、現場の作業をしている方々に対して、心の中で、

「あなた達のおかげでこちらの物件ができ上がり、住むことができました。ありがとうございます」

と、前祝いと感謝をしていました。

これは一体、何をしているかといいますと……。

わたしは、「こうなりたい！」という夢や目標が具体的にある場合は、「もうすでにその夢は叶っている」というつもりで、前祝いをすることにしています。もう叶ったつもりになり切って、「過去形」にするのがポイントです。

本当に夢が叶いやすくなるので、オススメです（前祝いと感謝のメソッドについてよりく

わしく知りたい人は、ぜひ、わたしの『神さまと前祝い』という本を読んでみてください）。

自分の確信に後押しをくれた「正夢」

そして、夢も見ました。

今住んでいるマンションと、新しいマンションの間が、美しくきれいで、勢いのいい流れの川でつながっているという夢です。

わたしは、今、この夢を見たことは、わたしたちがスムーズな流れで新居に移動できる印と解釈しました。

というわけで、もう、決まる前から、図面の上に、テーブルやソファーなどの配置を完璧に描いていました。

用意周到＆準備万端です！

そして、結果が決まったときに、「おめでとうございます。入居の審査が通りました！」という不動産屋さんの声を聞いたわたしの中の心の声は、

「でしょうね」

でした。

（ちなみに、我が家の不動産担当者さんは、この物件に、他にも7組のご家庭を紹介したそうですが〈部屋は違います〉、審査が通って無事入居できたのは、うちだけだったそうです）

人は、「今の自分」にふさわしい磁場に導かれる！

竹田家は、なぜかいつも「外的な理由」で引っ越すことになる

「人は、そのときの自分にふさわしい磁場」に導かれるという話なのですが、わたしの場合、いつも、引っ越そうと思って物件を探すというやり方ではないのです。毎回、理由は違います。今回は建て替えの話が出ていましたし、その前は、賃貸から分譲マンションに切り替わる話が出たのでした。毎回、引っ越す予定はなかったものの、結果、引っ越すことになっていくのです。

遊びに来た友達に、家の感想を教えてもらうのですが、ありがたいことに、みんな、「キャメちゃんの家に行く日は、毎回、ワクワクして楽しい気持ちになる！」「気持ちがいい！　軽い！　クリア！」などという感想を言ってくれます。

重要なのは、このような「気分が上がる！」という感想です。

軽いとかワクワクするということは、波動が上がっている証拠です。波動が上がっているということは、これからいいことがやってくる印。

つまり、ワクワクしちゃう場所は、パワースポットなのです。


というわけで、わたしにとっては、圧倒的に自宅がパワスポです。うちに遊びにきた友達は、その後いいことが起きますからね！

そして、一度来た友達は、みんな、リピーターになります。

「また行きたい！」と言ってくれます。

ご来店ありがとうございます！


人は「また会いたい！」、家は「また行きたい！」って言われることがパワースポットの証！

お家パワースポット化計画

そんなわけで、わたしにとっては、自宅が圧倒的にパワースポットです。

そのために、わたしは家を、自分にとってもっとも心地よい空間にしています。**いちいち自分を大満足させることが、大満足を経験することにつながるからです。**

では、家の中のいろんなことをご紹介していきましょう。

まずは「香り」です。好きな香りをかぐだけで、幸せな気持ちになります。ですから、我が家は香りを大切にしています。

玄関は、パレスホテル東京の館内で香る香りにしています。ブルーサイプレス、アニス、ユーカリ、レモン、ライムなど11種類のアロマをブレンドしたとっても素敵な香りになっています！

アトリエは、ディプティックの「フィギエ」というイチジクの木の香りにしています。すごくいい香りで、幸せを感じながら仕事をしています。

あとは、リビングや寝室は、そのときの気分で、ベルガモット、レモングラス、ジュニパーベリー、ラベンダーなどのアロマスプレーを作ってシュッとしたりする日もあります。

リビングにはキャンドルも置いてあります。今は、ディプティックのミモザと、ビュリーのアレクサンドリー。これも、とってもいい香り！

キャンドルをご飯を食べるときに灯すと、雰囲気もあって、とても幸せでより美味しくなります。キャンドルは、ベランダで灯すこともあります。

続きまして、トイレや洗面所には、ディプティックのハンドウォッシュとローションのセットを置いています！　ジョーマローンにすることもあります。

どれもこれも幸せな気持ちになる香りなので、大好きです。

ちなみに、自分自身にまとう香水は、アスティエドヴィラットのツーソンが一番好きです。あとは、香りのいいSHIGETAのエッセンシャルオイルを、マッサージしながら頭や首、肩、デコルテなどに塗っています。

途中で飽きた香水に関しては、トイレに置いておくことにしています。お掃除したときに1プッシュするだけで、気分が上がりますし、トイレの中がいい香りになります！

あとは、髪につけるオイルは、ディプティックのサテンオイルが最高です！　なんか、噂によると、蚊《か》が寄ってきやすいらしいのですが（笑）。

常に「いい香り」に囲まれるように、いちいち環境整備！

「香りの力」でバスタイムの至福モードを底上げ！

湯船に浸かるときも、香りは大切にしています。至福モードをアップさせたいときはKITOWAのバスエッセンスを入れています。友人に誕生日プレゼントでいただいてからこれにハマっているんです。

ヒバ、ヒノキ、ユズの3種類の香りがあり、わたしはヒバ、竹田くんはユズの香りがお気に入りです。

ちなみにシャンプーやリンスはオージュアで、行きつけの美容室でゲットしています（美容室のオーナーとお友達なので、家まで届けてくれることもあります）。ボディーソープも、香りのよいディップティックです。

ハンドクリームは、いろいろ使いますが、一押しは、ビュリーのポマード・コンクレットです。見た目が可愛いのと、しっとり感が半端ないです。

ちなみに、化粧品はあまりこだわっていないのですが、基礎化粧品は無印良品、メイキャップは資生堂のクレドポーと、シャネルという感じで、気に入ったものをずっと使う感じになっています。化粧箱にモノを増やしたくないので、あんまりいろいろ試したり冒険したりはしません。

ドライヤーはダイソンです。乾くスピードが半端なく速いので、わたしには、これしかありません！

ちなみにタオルは、引っ越しなどがあると一斉に取り替えます。同じバスタオルを色違いでそろえておくと、棚に並べてあるだけでもきれいなグラデーションができて、見るたびにテンションが上がります。

好きな香りや色で、いちいち気持ちが上がる！

たとえば、カーペットを敷き詰める——元々あるものに、ひと工夫！

基本的にアイボリーっぽい色が好きなので、自宅はカーテンもカーペットもその系統の色にしています。

アイボリーのカーテンは、光が差し込むとうっすら黄色くなって、優しくて幸せな光を感じることができるのです。

あとですね、前の家は最初から、すべての部屋と廊下にアイボリーのカーペットが敷いてあって、それがとっても幸せな気持ちになったんですね。さらに、愛犬のシェフとマスターが追いかけっこをするときに、カーペットだと滑らずにスピードを出せるので、とっても良かったのです。

というわけで、今の家の床は元々はフローリングだったのですが、すべての部屋と廊下にカーペットを敷き詰めました。
すると、敷き詰めたことによって……、やっぱり、内見で見たときよりも格段に、家にいるときの「幸せ度」が上がりました。

こういうひと手間って、本当に大事なのです。

ちなみに、玄関には、ひとめぼれをしたMUNI CARPETSのラグを敷いています。模様が素敵で、手触りも最高です。

なので、家を出るときも、家に入るときも、いちいち幸せになります。

いちいち心が豊かになるようにひと工夫！

睡眠とは、心と体への〝充電〟タイムである

睡眠はすごく大事だと思っています。睡眠は、スマホなんかでいう充電と同じです。わたしたちは、寝ている間に、エネルギーを心と体に充電するわけです。

それくらい、寝るということは心や体にとても大きな影響があることですから、寝室は「一番大切な時間を過ごす部屋」として、すごくこだわっているのです。

まず、睡眠にマットレスはとても重要なので、振動吸収力が高いマットレスを調べてゲットしました。わたしが使っているのは、エマ・スマットレスのハイブリッドです。振動吸収力が優秀です。

キングサイズのベッドで夫婦で寝ているのですが、竹田くんが寝返りを打ったり、一定の波で足がちょっとプルプルッて震えるときがあるので、その振動がわたしに伝わっ

てこないことがポイントなのです。

そういえば、先日宿泊したハレクラニ沖縄のマットレスとシーツも最高でした！（ホテルのオンラインショップでゲットできるようです）

布団や枕、シーツ類は、すべてホテルライクインテリアにしています。

パジャマは夫婦そろってプチバトーです。着心地がいいんです！　わたしはハート柄、竹田くんは星柄です。

また、オリーブの木とウエストリンギアの木を、寝室の窓から見えるようにベランダに配置しています。

眠りにつくときも、朝カーテンを開けたときも、どこを見ても、いちいち幸せをゲットできるようにしております！

「毎日の睡眠」がいちいち楽しみになる工夫

ゆっくり寝る時間は確保したい！
そのための努力は惜しみません

ちなみに、どんな睡眠がよいかは個人差が大きいと思っています。人によって、朝に強い人もいれば、夜のほうが仕事がはかどる人もいます。

「朝型夜型質問紙」で検索すると、自分が、朝型なのか夜型なのか、あるいは中間型なのかが明確にわかります！（若いときは夜型になりやすく、年を重ねると朝型になってくるなど、年齢によっても傾向が変わってくるみたいです）

わたしは、今のところ中間型なので、就寝時間が23時前後、起床時間が7時〜9時。集中力が高まる時間は10時〜14時くらいとされているようです。

実際の自分の1日を振り返ってみますと、確かに、起きるのは8時〜9時くらいが一番スッキリと目覚められますし、寝るのもだいたい23時前後です。執筆がはかどるのも、午前10時くらいからですね。

寝室の湿度や温度にもこだわりを

ちなみに、寝室の湿度や温度にも気をつかっていて、最高に心地よく眠れるようにしています。

ダイソンの加湿空気清浄器をずっと稼働させているので、部屋全体の空気が常に浄化&加湿されています。

またエアコンが必要な季節は、快適に眠れる温度を朝まで保つようにしています。うちはリビングにエアコンが2台ついているのですが、廊下に近いほうをONにして、ドアを開けっ放しにしておきます。すると、家中が快適温度になるのです。

あと、足が冷たいと眠れないので、足元は必ず電気毛布を入れておいて、あったまったら消します（アトリエで仕事中も、足が冷えるときは、膝掛けに電気毛布を愛用しています。電気毛布大好きなのです）。

寝ている間というのは、「わたしたちの魂が宇宙に帰っている時間」だとも言われています。

また、夢の中で遊べる時間でもありますね。5章でも触れますが、わたしは夢の中で遊ぶのが大好きなのです。

睡眠にかけるひと手間は、自分の心と体への投資である

わたしの創作はすべて、この「アトリエ」から生まれる

わたしは創作に没頭すると、すごく長時間アトリエにこもってしまうことがあります。そんなときは、部屋の外から愛犬のシェフとマスターが遠吠えをして、わたしを呼び出します。

それくらい、アトリエは、わたしが執筆や絵など……、仕事をしているときと、瞑想をしているときに、ず〜〜っといる部屋です。ですから、自宅のお部屋づくりの中でも、最重要ポイントなのです。

アトリエにある家具としては、まずタロットカードを収納するキャビネット。そして、わたしは本をたくさん出しているので、それ専用の本棚が置いてあります。

この本棚は元々アンティークなのですが……、

とくにタロットのキャビネットは、わたしが10代の頃から共に暮らしているので、リアルアンティークです。

作業スペースはなんと○○センチの机！

とにかく作業しまくる部屋ですから、大きな作業スペースが必要です。というわけで、240センチと180センチのテーブルを横につなげて、長さ420センチの机を配置しています。

アトリエでずっと座っている椅子は、わたしの一番大事な居場所なので、ハーマンミラーで一番座り心地のいい椅子をゲットしました。

大きい絵も描きやすいように、イーゼルはオーソドックスで使いやすいものにしてあります。

暖かい日は、ベランダに出ても描けるので、とても気持ちがよくって最高です！

思いついたときに気軽に「瞑想」ができるように

そして、気が向いたらすぐに瞑想ができるように、ヨギボーをアトリエの机の下に置いてあります。

瞑想をするのは、得意中の得意です。瞑想をすると、最高に気持ちがいい状態にすぐに自分を持っていけるので、何時間でもしていられます！

瞑想の途中で電話がかかってくると困るので、そのときは、スマホは必ず機内モードにしておきます。また、ドアノブには、「瞑想中」というプレートもかけておきます。

また、アトリエの窓から、大きなミモザの木と、ピンクのカフェテーブルセット（めちゃ可愛い）が見えるように、ベランダに配置しています（ですが、ベランダの配置はちょこちょこ変えて楽しんでいます）。

このお気に入りのカフェテーブルセットでランチにマックを食べたり、昼下がりにカフェオレを飲んだりしていると、いちいち幸せです。

本当に、自分のアトリエは一番大好きで一番落ち着くし、一番整います。わたしのすべてを生み出す場所といっても過言ではありません。

大好きな場所で仕事をすると、大好きなものがどんどん生まれてくるのです。自由自在の世界を生み出せるのです。

それはまさに、自分の意識次第でどこにでもワープしていける宇宙船そのものではないでしょうか。

仕事場や創作をする場は、いちいち幸せを感じられる工夫をすると、とても楽しくなります。

アトリエはわたしの宇宙船！

お気に入りで満たされたリビングダイニング&キッチン

リビングダイニング&キッチンは、常にアレクサで音楽を流してあります。いまは、バッハの曲が多めな感じです。

キッチンには、置いておいても可愛いものだけ出してあります。ちなみに、電子レンジやトースターはバルミューダの白です。水はアルピナウォーターです。

リビングの窓から見えるように、ベランダに、ハンギングチェア、ソファーテーブルセットを配置しています。このベランダは、見ているだけでもワクワクしますし、第2のリビングとして大活用しています。

そして、ベランダに小鳥さんやちょうちょたちが遊びに来てくれるので、それもめちゃめちゃ幸せな気分になるのです。

天気がいい日は、ベランダのソファーにカラフルで可愛いデザインのブランケットやクッションを並べます。それを眺めているだけで、いちいち幸せになります。

シェフとマスターのゲージもあります。シェフとマスターのご飯の在庫やペットシート、ティッシュペーパーの在庫や買い物袋、ゴミ袋、ウォーターサーバーの水、お菓子、乾物、コーヒー、ティーパック、お皿、鍋など……、一番動線が整っている配置に収納してあります。

ちょっとでも、「あっ、こっちに入れたほうがやりやすいぞ！」というのを見つけたら、**いちいちすかさず最適化していきます。**

お皿やコップは、白ベースのアスティエドヴィラットや、可愛い絵が描かれているシチリア陶器がお気に入りです。ジノリの若手アーティストとのコラボの食器なども、なかなか可愛いので、ちょこちょこあります。
あとですね、わたしは、赤ワインが好きなので、その赤ワインを美味しく飲むための、とても大きなワイングラスがいくつかあります。毎回、形が違うのも楽しいし、やっぱりグラスによって味が美味しくなる気がするんですよね。

とにもかくにも、「いちいち幸せを満喫する」がポイントです。

自分をいちいち大満足させる！
なぜかというと、自分の心の反映が、
自分の世界のすべてに影響するから

可愛くて頼りになる観葉植物たち

わたしの家には、観葉植物がたくさん置いてあります。

まず、キッチンに置いている観葉植物は2つです。名前がわからない、すごく大きな2メートル以上の木と、カポックという横に伸びていく木。

また、ベランダには、6つ。レモンの木やアカシアブルーブッシュ、ユッカなどなど。

わたしは植物を育てる達人かもしれないというくらい、家にある木たちは元気に大きく茂《しげ》っていきます。

それは、多分、わたしが植物たちと仲良しだからです。水やりをしながら木たちと会話するので、彼らはわたしに懐《なつ》いているんですね。そろそろ剪定してほしいときは、植物たちはそうアピールしてきたりもします。

わたしが外泊をして帰ってくると、少し元気がなくなっていたりしますね。家に帰ってくると、すぐに元気を取り戻しますが。

身の回りの植物が、一層愛おしくなるお話

ちなみに、植物は「結界」の役割もこなしてくれるみたいなんですね。

というのも、昔、わたしの友人が勤めていた会社は、霊の通り道のような場所にオフィスがありました。

そこで働いていたところ、友人はなぜか、自分の机の両脇に観葉植物を置きたくなり、実行したそうなんです。

すると、自分以外の人はケガをしたり霊障《れいしょう》に悩まされたりすることが多発したのですが、その友人だけは、何も起きなかったそうなんですね。

後になってこの話を、そういったことが見える人に聞いてもらったところ、「霊たちはその観葉植物を、わざわざ避けていたのでしょう」と言われたそうです。

わたしは、どの部屋の前のベランダにどの植物を配置するとしっくりくるのかを感覚

でやっていましたが、これは「わたしがやってきた」というよりも実は「植物たちに動かされていた」というほうが正確なのかもしれません。

あなたのそばにいる観葉植物も、実は、ひそかにあなたを守ってくれているのかもしれません。

恥ずかしがらずに植物にも話しかけてみよう。
きっと、より関係が深まります

土曜日の朝は、いつも「掃除の時間」

竹田家は土曜日の朝は、気分が上がる充実した朝食をとってから、「お掃除→犬の散歩→筋トレに行く」といった流れが多いです。

このときに、すべての部屋のお掃除をし、洗濯をします。そして、**掃除の時間には必ずBGMを流します**。音楽のセレクトはそのときによって変わりますが、楽しく掃除ができる音楽をかけます。

竹田家の部屋と廊下はオールカーペットです。

ダイソンのロボット掃除機では、リビングだけで充電が足りなくなってしまうので、残りの部屋と廊下は、手動ダイソンで吸い込み力をMAXにして、きれいに仕上げます。

キッチンとトイレ2つと浴槽と洗面所などの水回りは、竹田くんの係になっています。

掃除機をかけてベランダをきれいにしたりなど、わたしの分担が早めに終わったら、トイレはわたしが掃除するときもあります。

ベッドメイキングは、毎日気づいたほうがやることになっているのですが、わたしがやるよりも、竹田くんがやるほうが、ホテルのようにきれいに仕上がります。

出しっぱなしにしない、床にモノを置かない

あとは、いちいち、靴は玄関に出しっぱなしにしないとか、床にモノを置かないとか、使ったら元の引き出しや収納のところへ戻すとかはしているので、基本的に家の中はいつもスッキリしています。

アトリエは、油断すると、机の上に紙とかが増えていくので、いちいち、きれいにしてから仕事をするようにしています。

こういったひと手間も、すべてはいちいち自分を心地よく、ハッピーにするためなのです。

部屋スッキリは、心や体、運勢……
すべてにリンクするので、
「いちいち片付ける」はとても大事！

普段から「いちいち片付けておく」と、こんないいことがある

掃除や片付けを普段からいちいち心がけておくと、いいことがあります。

家の中がすっきり整理整頓されて、どこに何があるかが明確になっていると、思考も明確になるので、「いる・いらない」がすぐにわかり、余計な買い物をしなくなります。

また、不思議なことに、人生全体もスムーズに流れるようになるのです。

なぜかというと、物事はすべてつながっているから。なので、家の中がスッキリしている人は、自動的に仕事や人間関係もスッキリしてくるのです。


子供の頃遊んだ、ハンカチ落としを思い出してください。

自分の手元に、誰かに渡さなければいけないハンカチがあるときって、なんだか落ち着かないですよね。

なので、それを「完全に次に手渡して終わっている状態」を、いちいちキープしています。

そのために、毎週土曜日の朝の掃除タイムとか、毎日のいちいちの最適化などを実行しているわけなのです。

これは、仕事もそうです。返事をしなければならないものは、放っておかない。すぐに相手に返事をする。

こうして相手にパスをまわして、スッキリ完了させてしまうのがわたしのやり方です。

キャメレオン竹田流・片付けの極意3箇条

ちなみに、わたしの片付けのやり方を紹介しておくと……。

下着や靴下、服、靴などは、定期的に、「これいるかな？　もういらないかな？」などをチェックしています。そうして、使わないものは置いておかないようにして最適化しています。

（1）使いにくいものは値段関係なしに手放す
（2）動線をいつも一番やりやすく、ブラッシュアップしていく
（3）常に改良最適化ディズニーランド（「ディズニーランドは永遠に完成しない。この世界に想像力が残っている限り、成長を続ける。 byウォルト・ディズニー」）

この3点セットは、わたしの中の鉄板です。

常に「最適化」を模索する！
快適なお部屋づくりに「ゴール」はありません

本命が来たら、迷わず、すかさず、一本釣り！

わたしは、どうしても欲しいものがあったら、後からゲットするということはしません。誕生日を待ったりもしません。

今欲しいなら、今ゲットします。

出会ったときがタイミングです。

2つ同じくらい欲しいものがあった場合は、両方ゲットします。

かといって、そんなに物欲があるというわけでもないのです。

本命が来たら、迷わず、すかさず一本釣り！ という精神なのです。

「いつかゲットする！」としておくと、待機していたり、いろいろ考えたりする時間が必要ですよね。迷うのは、最初はとても楽しいですが、迷いすぎると苦痛になってくるものです（笑）。

逆にいうと、なかなか決断できない場合は、それほど欲しいものではない可能性があります。

わたしは、モノだけでなく、「いつか○○したい！」というのがあまりありません。

そうしたかったら、それがタイミング！　今すぐGO！　です。

戦国時代にたとえるのもどうかと思いますが……、

いざ、出陣！　というときに、迷わず突き進みます。

いざ、出陣！　というときに、「ど～しよっかな～、でもな～」では……、一瞬で落ち武者になってしまうのです。

わたしは、いちいちそんなゲームのような人生を楽しんでいます。

「ど～しよっかな～」っていつまでも迷っていたら、その時間は「もったいない」キヤも！

わたしは「戦国武将」脳!?
——ハンギングチェア購入秘話

先日は、こんなことがありました。

わたしは以前から、モルディブのホテルにあるようなハンギングチェアが、自宅の庭やベランダにあることが夢だったんですね。でも、なかなか好みのハンギングチェアに出会えていませんでした。

しかし、あるときふと、千駄ヶ谷にあるニチエス株式会社のショールームに行ってみたところ、理想超ど真ん中のハンギングチェアが置いてあったのです。

座ってみると、浮遊感が半端なく、最高でした。

そのときです。

わたしはスタッフの方と目が合うと、そのハンギングチェアを指差して、「これください！」と、まるで大根を買うかのように宣言しました。

即決でした。

タイプど真ん中が登場したときには、1ミリも迷うことはありません。

スタッフの方に、どこかの業者の人かと間違われそうになりましたが、「個人です！」と伝えました。

「戦国武将」はこうでなくちゃ！

で、ですね、先ほどもお伝えしたように部屋や持ち物の整理がいつもしてあると、脳内も整っているので、「いる・いらない」が明確になっています。なので、衝動買いとは違うんですね。

ゲットした後の幸せな感じといったらありません。しかもそれは一時的なものではなく、見るたびにいちいち幸せな気持ちになります。

戦国武将脳は整っていることが大事でしょう。

昔から、決断力とそのスピードが速いので、友人たちからは、

「キャメちゃんは、絶対にポーカーゲームやったら相当強いよ！」

と言われています。やりませんが。

自分の願いは〝なるはや〟で叶えてあげる。
夢を叶えてくれる『アラジン』のジーニーは
自分だった！

〝ピカッ〟て光る感覚が「しっくりくる」ということ

ちなみにちょっと話が変わりますが……。

しっくりくるときって、光るんですよね。

例えば、洋服の試着をして、その人にピッタリな服だと、その人も服も、感覚的にピカッと光るんです。ジグソーパズルのピースが、最適な位置にハマったときの感じに似ています。

なんか、「正解！」って感じの波動が出るといいましょうか。

その「正解！」の感覚を大事にしていくと、自分も、**自分の周りも、しっくりくるものだらけになっていきます。**

しかも、気持ちがいい！

あと、家具とか植木の配置とかも、「ここだ！」という感覚がわかったりするんですよね。家具や植木が、自分から「正解！」って教えてくれる感じといいましょうか。

そんな感覚を大事にキープするためにも、自分の家をいちいち整えておくのって、とっても大事です。

「何かしっくりくる」がわかるって、
みんなに備わっている
素晴らしい感覚！

わたしの帰宅後ルーティン
——明日にやり残さないから、いちいちスッキリ！

帰宅ルーティンも書いておくと……、
それは、お財布と鞄の中身を整理することです。レシートや領収書があれば、それを
それ専用の箱に入れます。
そして外出着から部屋着に着替えます。
以上です。
やらなきゃいけないことは、すぐやってしまうと、いちいちラクです！

あっ、ちなみに情報を追加しておきます。

ちなみに情報その1。

「一時的に保管しておかないといけない紙類ってどうしているの？」

と友人に聞かれたことがあります。

基本的にわたしは、紙類はスマホで写真を撮ったら捨てちゃうのですが、どうしても取っておかなければならない場合は、保管しておきます。我が家のリビングキッチンには収納がたくさんあるので、そのうちの引き出しの一つを「それ専用」にして、入れておきますね。

人によっては、ディズニーのクッキー缶とかをそういう小物入れにしていたりしますよね。そういう感じです。

ちなみに竹田くんのお父さんは、ティッシュ箱の底を切り取って、薬をはさんで、薬を飲む時間を書き込んで、「マイ薬箱」を発明していました。

ちなみに情報その2。

好みでないモノをもらっちゃった場合。これは、ありがたく受け取っておいて、後でこそっと誰かにあげたり、手放しちゃえばいいだけですよね！　あげたからって、その後の状況を聞いてくる人って、まずいません。

もしも、

「以前あげたあれ、どうしてる？」

なんて聞かれたら、

「あ～、あれね！　とても元気だよ！（謎）」

とか言っておけばいいのではないかなと思います。


自分の人生なので、モノに縛られる必要はないのです！

部屋もバッグの中も人生も、すべてつながっている！

「そのときの自分の気持ち」にしっくりくる服を

わたしの場合、服は、すごく興味がわく時期と、さほど興味がわかない時期があります。興味がわく時期に、ガ～ッと買い物をして、結構、手持ちの服のコレクションが刷《さっ》新《しん》されていきます。

買った分、手放しているのです。

普段からいちいち、「これはあまり着ていないな～」という服は手放していってはいますが、この時期に入るとさらに加速度的に整理をしていくことになります。

服を手放す基準としましては、大体、1年間で1回も着ていないものとは、おさらばです。

あとですね、クローゼットは、ワンピース、パンツとスカート、シャツブラウス、アウターと……、どこに何があるか一目でわかるように、順番にハンガーで吊り下げてあります。

クローゼットの中身にしっくりこなくなったら

で、このなぜだかわからないけれど、服に興味が出てくるときは、自分が次元上昇のサインであることが多いです。

次元上昇とは、魂のレベルが上がり、今まで困難と思っていたことが簡単になったり、自然と解決したりすること。

すべてのものには周波数がありますから、自分が上昇すれば、もちろん一緒に上昇してくるモノもありますが、より自分に合うものに差し変わっていくのですね。

周波数が変わっているときのサインとして一番わかりやすいのは、そのときの周囲の人間関係だったりしますが、身につけるものも、なかなかわかりやすいのです。

人間関係も、身につけたくなるものも、すべて自分と似ている。

類友なんですね。

ちなみに、身につけるものの値段と周波数は、関係ありません。
そのときの「自分の気持ち」にしっくりくる服やモノを身につけるのがベスト！

身につけるものを変えたくなるときは、
レベルアップのサイン！

きれいな歯は、どんなパワーストーンにも勝る、という話

わたしは最近、歯をいちいちきれいにすることにハマっています。とはいうものの、以前は、歯に対しての意識が、かなりいい加減でした。

しかし、いきなり、歯に、

「そろそろちゃんとしようよ！」

と言われたのです。

そこで、歯医者さんに行って、いろいろ調べてもらったところ、根幹治療が必要な箇所があることや、インプラントにしたほうがいい歯があることなどがわかりました。

なので、今、一つずつ、しっかり治療をしています。

今は歯医者さんが大好きで、治療に行くのが楽しみになっています。

歯を整えたら、身の回りのことも整っていった!

それから、自分で歯をきれいにすることにも目覚めまくっています。

歯磨きも、歯間ブラシ↓フロス↓ワンタフトブラシ↓歯ブラシを、1日2〜3回はしています(歯医者さんに行っての歯のクリーニングも定期的に行っています)。

こうして歯を一つずつ整え始めた結果……、

その他諸々《もろもろ》のことも整い始めました!

やはり、すべてつながっているんですね。

どんな風水的なことをするよりも、歯を整えることが1番の開運だと思っています。

そもそも、口の中の風水がイケてなければね〜って。

どんなパワーストーンを身につけるよりも、口の中のパワーストーン（歯）が整っているほうが、間違いなく開運します！

どんなパワーストーンよりも開運効果のある「口の中のパワーストーン」の力！

CHAPTER 3

いちいち「楽しい・簡単・面白い」を選ぶだけ！

（習慣・考え方編）

いちいち自分と対話をする

わたしは、いついかなるときも、自分と対話をしています。

自分の心の声を無視してしまうと、つまり、本当の自分を生きていないと……、必ずその影響が体調不良となって表れて、

「それ、ズレてるよ〜！　違ってるよ〜！」

って教えてくれるので、とてもわかりやすいんです。

自分と対話ができていれば、周りに流されることはありません。

例えば、楽しそうな人を見ると、つい、「自分もそうしたい！」とか、人の持っているものが可愛いと、つい、「自分も欲しい！」とか……、
そういう、ただ流されちゃうってことがなくなるのです。うらやましいとかってこと

もありません。

もちろん、本当に自分も、その人と同じことがしたいのなら、それはそれでOKです。

ちなみに、わたしはときどき人から相談されることがあります。「これはどうしたらいいと思う?」と人から聞かれるたびに、わたしはこう回答します。

「自分では、どうしたいと思っているの?」

だって、それが答えだからなのです。

その人の「こうしたい」がわかったら、後は簡単です。

「じゃあ、そうなるためには、まず何をしたらいいと思う?」

などと質問して、ただ、その人の行きたい道に沿って、ナビゲートしてあげるだけです。

人に相談する前に、まずは「自分に」相談!

「海外を自由に旅するように暮らす」VS「日本の家でゆったり暮らす」

最近では、わたしは、こんなことを考えました。

この頃は、エアビーなどで、一つの場所に2〜3週間住んで、また次の場所に移って……って、海外を渡り歩く生き方をしている人が、ちらほらいますよね。

わたしも、そんな生き方をしてみるのも、ちょっといいかもしれないな〜と思ったんですね。どこでも仕事ができますからね。

しかし、よ〜く自分と対話をすると……。わたしは、

・家にいることが大好き
・好きなものに囲まれて暮らしたい
・旅先であれば、素敵なモーニングなど、ホテルの料理が出てきてくれたほうが嬉し

い

・海外旅行にいくと、後半、早く家に帰りたくなる性質がある

・いちいち犬と戯《たわむ》れたい

ということがわかりました。

なので、わたしの場合は、エアビーで海外を渡り歩くのではなく、海外に関しては、行きたいときに行きたい国に普通に旅行に行って、素敵なホテルに泊まって、その都度、満喫して日本に帰ってくればいい！　という結論に達しました。

まるで「日本中に別荘を持っている」ようなもの⁉

あとですね、海外移住とか、別荘を持つとかは、最初から選択肢にありません。

自分が日本が好きなのと、友達にすぐに会える環境も好きなのが理由です。日本の友達は、いろんなところに住んでいるから、友達の家に泊まりに行くだけでも、ある意味、別荘に行くみたいなものですからね！

あとですね、キャンプが趣味で、楽しそうにしている人を見ると、一瞬、「キャンプ楽しそうかも」って思うこともありますが、やっぱり、よ～く自分と対話をすると、本当にたま～にだったら楽しいけれど、お片付けが面倒であったり、蚊が苦手であったりというのがあるので……、

「まあ、自分には無理だろうな」というのがすぐにわかります。

山登りとかもそうなのですが、本当にたま～にだったら楽しめますね。以前行った屋久島の縄文杉までの登山は大変でしたが、体験してよかったなってすごく思います。

しかし、基本的にスポーツが苦手で、紫外線は天敵です。

わたしは、自分のことは本当によく知っています。

自分のことをよく知っていれば、人がうらやましくなることもない

旅行は「誰と行くか」で重視するポイントを変える

そもそも、わたしは基本的に家が好きなので、家にいるときが一番の幸せモード&リゾートモードです。

旅行も好きですが、早く家に帰りたくなることがあります。

で……、旅行は一緒に行くメンバーによって、重視するポイントが変わります。

竹田くんと夫婦で旅行に行くときは、とにかくホテルの部屋が素敵かどうか（国内であれば、天然温泉の部屋風呂がついていることがけっこう大事）、ディナーやモーニングにワクワクするかどうかを重要視します。あとは2人で一緒にアロマトリートメントを受けられるかどうかもチェックします。

なぜなら、ホテルでまったりと過ごすからです。

　でも、友達同士で旅行をするときは、遊ぶ予定を目いっぱい入れるので、ホテルにはあまりこだわりません。というか、そういう段取りは、そういうことが好きな友人がやってくれます。

　そして、友達同士なら、素敵なホテルにこだわる理由はありません。むしろ、古くてやたら大きなホテルとか大歓迎です。探検すること自体がアトラクションなので面白いのです！

　前に、幽霊が出そうなボロボロのホテルに友達と泊まったことがありますが、めちゃくちゃ面白い思い出になって楽しかったです。

旅の楽しみ方は「一つ」じゃない

占い的に「やっちゃいけないとされること」を全部やってみた！

わたしは、占いが好きですから、昔からいろんな占いの本を読んできました。とはいえ、占いに振り回されることはありません。

ここでは、わたしがどういうスタンスで占いと付き合っているかお話しします。

特に東洋の占いでは、よく「〇殺界」とか「天中殺」とか「空亡《くうぼう》」とかいうことが言われていますよね。

これは何かというと、何かをスタートさせたり、大きなことをしたりしてはいけないというような、「大凶の時期」というもののことです。つまり、「じっとしていなさい！」という時期です。

しかし、この世界の主導権は自分自身ですから、たかが占いによって行動を制限されたくはありません。

そこでわたしは、その占い的に「何もしてはいけない時期」に、すべての「やっちゃいけないとされていること」をやってみたのです。

人生は実験ですからね！

具体的に何をしたかというと、**結婚、引っ越し、転職、**旅行です。しかも、新婚旅行の行き先は、その時期の「最も行ってはいけないとされている方位」にあるモルディブを選びました。

さて、どうなったかと言いますと……、

本当にそれぞれ面白いことが起きました。

そして、結果的には絶好調でした。

さて、どんなことが起きたかというと、実は、竹田くんと結婚したあと、すぐに離婚**をして、そして、すぐにまた結婚することに**なったのです。

どういうこと⁉

という話ですが、くわしくご説明します。

提出したときから波瀾万丈だった、わたしたちの婚姻届

わたしたちが、休日の夜に、区役所に婚姻届を提出しに行ったときに事件は起きます。

わたしたちは、夫である竹田くんの姓に統一することにしていました。そのつもりで婚姻届の記入欄すべてに記入をして、区役所に提出したところ、そのとき窓口にいた人は、なぜかパンを焼いていました。

そして、わたしたちの前で、

「トースターから変なニオイ&煙が出ている！」

と言って、あわててどこかに行ってしまいました。そして、大丈夫だったのを確認したみたいで、またすぐ戻ってきました。

しかし、その人はすごくお腹が空いていたようです……。

というのも、わたしたちの婚姻届を受け取るだけで、書類の内容なんかまったくチェックせずに、すぐに焼けたパンを食べに向こうに行ってしまったんです。

それから1カ月くらいたったある日のことでした。

わたしが、当時勤めていた会社で仕事をしていると、竹田くんから電話がかかってきたのです。その内容は、こんなものでした。

竹田くん「俺の苗字が変わってる!!!」

わたし「???」

よく話を聞くと、竹田くんが源泉徴収票をもらったときに自分の名前を見たら、苗字が変わっていたのだそうです。それは、わたしの旧姓の苗字になっていたとのことなのです。

多分、婚姻届を提出したときにそうなってしまったのであろうとのことで、わたしは「早く区役所に連絡をしないと」と思いました。

しかし、とにかく、面白すぎて、まるで笑い茸《たけ》を食べてしまったかの如《ごと》く、腹がよじ

れるくらいに笑いが止まらなくなってしまったので、それが落ち着いてから、区役所に電話をしました。

あれは、人生で一番笑ったと思います。

「そんなことある⁉」が普通に起こるのが、人生（笑）

ワケのわからない出来事も、捉え方次第でラッキーアクシデントになる

さて、夫である竹田くんの姓にするつもりが、わたしの姓になっていた話の続きです。

区役所に電話をかけたところ、あちらの言い分はこんなものでした。

「もう婚姻届は受理されてしまったので、家庭裁判所に申し立てるか、一回、離婚をして、再度結婚するか。この二択しかないです！」

さらに、「家庭裁判所に申し立てるとなると、やたら時間がかかるので、一回離婚して結婚するのが早いし確実だ」と言われました。

つまり、実質一択です！

というわけで、わたしたちは一回離婚をして、すぐに再婚をしたのでした。再婚といっても同じ相手なので、再婚するまで１００日待たなければいけないということもなく、パパッと簡単に手続きができました。

ちなみに、わたしの人相は、鼻の横にホクロがあったり、結婚線が2本あるので、どちらも2度結婚の相なんですね。

なので、本来、生まれ持った運勢通りであれば、今頃わたしは竹田くんと離婚して、別の人と再婚していたかもしれません。

この、**ワケのわからない事件のおかげで、本当の離婚をせずに仲良く過ごしております。**少なくともわたしは、そのように、ありがたく受け止めたのです。

体を張った大実験は大成功！

さて、わたしたちの体を張った実験の結果、大凶の時期の「やっちゃいけないとされる行動」は、行きたい方向にショートカットできる利点があることがわかりました。

「行きたい方向にショートカット」というのは、流れの激しい川を、横切る感じに似ています。

川を真横に突っ切って渡るのは、近道ではあるけれど、強い抵抗が一気に押し寄せて来ます。
でも、そこを頑張って渡り切っちゃうことで、これから起こるはずだった困難が起こらなくなるともいえるのです。
しかし、横切らずに、押し流されながら、向こう岸に少しずつ進んでいくとすれば、流れの勢いをやりすごしながら、そして時間をかけながら、いろんな石ころや岩にぶつかりつつ、川を渡っていく感じになります。

どっちにしろ、今世で経験することって、大体決まっているんです（一説によると、我々は魂の成長のために、人生で経験する困難はあらかじめいくつか決めてから生まれてくるといわれています）。

それを裏技で、先に……、いきなり経験してしまうか、それを順を追って体験するのか、の違いでしょう。いきなり経験することにショックを受ける人もいると思います。

いずれにせよ、わたしにはもともと離婚の相があったのに、そうせずにずっと竹田くんと仲良く過ごせている感じです。これからどうなるかわかりませんが（笑）。

しかしながら、人生は多少、いろんな問題があったほうが、暇にならないので面白いとも言えますよね。

筋トレも、軽すぎる負荷だとスルスルできちゃうので、つまらないでしょう。

人生の筋肉がついていくと、何かあっても、楽しく生きられるキャも！

運気の悪い時期は、人生の〝裏技〟が使える

「家族のご飯を作るのは自分の仕事」という縛りをはずしてみた結果

現在の竹田家は、夕飯は作っても作らなくてもいいことになっています。作りたかったら作り、そうじゃなければ、作らなくていいのです。これは、ウーバーイーツをいつでも頼むことができる環境に住んでいるから、というのもあります。

ちなみに、竹田家に子供はいません。竹田くんは会社員で、テレワークの日もあります。わたしは、いつも家で仕事をしています。

何年か前までは、わたしは、家族のご飯は女性が作らなければいけないという、昭和の洗脳……、いや、固定観念が残っていました。

なので、仕事を途中で中断して毎日ご飯を作ることを、当たり前のようにしていたのですが、ある日、こう思いました。

「好きで作るんだったらいいけど、そうでもないことを面倒くさいと思いながら義務感だけでしているって……。この時代に……。これ、どこか、おかしいんじゃね!?」

そう思って、竹田くんに相談しました。

すると、二つ返事で……、

「ご飯は、ウーバーでよくない？」

と答えが返ってきたのです。

な〜んだ！　それでいいんだ！

と、わたしは謎の罪悪感から完全に解放されました。

「家族のご飯は、毎日、女性が作らなければいけない」という縛りは、わたしがわたし自身に掛けていただけだったのです。

まあ、竹田くんは、多分、自分がテレワークのときに、わたしが執筆やらデザインやらの仕事に熱中しているときでも、夕方になるとそれらを中断し、あわただしく買い出しに出かけたり、夕飯は何がいいかを聞いてきたりしているのを見ていたからのような気がします。

「家族のご飯を作るのは女性の仕事」なんて、自分を縛らなくてもＯＫ！

食べたくないときは食べなくてOK!

あとですね、ときたま夕飯の時間になっても、まったくお腹が減ってないことがあります。

「そもそも、この栄養過多の時代に、三食きちんと食べなきゃとか、何?」と思うところもあります。

夕方にケーキとか食べちゃうと、もうお腹がいっぱいになっちゃったりします。「品を山ほど食べる」と書いて、「癌《がん》」という漢字にもなりますしね。漢字を作った人は、食べ過ぎが健康に良くないことを知っていたのではないでしょうか。

自分の体って正直なので、自分が食べたいと思うときに食べるのが一番と思っています。

わたしは、ときどき無性に、

「あ～、トマトがめちゃくちゃ食べたい」とか、

「大根おろしが食べたい！」

「きゅうりが食べたい！」

とかってときがあるんですよね。

それは、そのとき、その栄養素を体が欲しているからだと思います。そういうときは、素直に体の欲求に従ったほうが良いと思います（ちなみに、わたしはこれまでこういうのを「体の声」なんだと思っていましたが、最近は「腸の声」のような気がしてきました）。

「今日は夕飯いらない」は、こう伝える

で……、わたしは、全然お腹が空《す》いていないときは、夕飯は食べません。または、とても軽～くつまむくらいで終了です。竹田くんに、「わたしは、今日、夕飯食べないから**よろしく！**」と伝えます。

夕飯の時間になったら、お腹が空いていなくても絶対に夕飯を食べなければならないとか、家族は必ず一緒にご飯を食べなければならないとか、そういった縛《しば》りは、誰も幸せになりません。

竹田家モーニングは、幸せいっぱい！

話を元に戻します。

竹田家モーニングは自由で、朝食を食べる日があったりなかったりします。食べるときは、家の近くに美味しいパン屋さんがたくさんあるので、パンを食べる日が多いですね。

また、パンケーキプレートを作って、カフェオレや100パーセントオレンジジュースなどとともに、ベランダでホテルモーニングチックな朝食を楽しむ日もあります。

また、モーニングはときどき竹田くんが作ることもあります。とくに、竹田くんの作る、甘めのだし巻き卵が美味しいのです。

ちなみに、竹田くんがタコソーセージを作るときは、楽しくなって、タコソーセージを作りすぎちゃう傾向があるので、危険です。

誰も幸せにならない「こうしなきゃ」なんて、完全に解除！

わたしがオンラインミーティングで顔を出さない理由

わたしは、家で仕事をしているので、テレビや雑誌のコラムや連載の取材や打ち合わせなどは、オンラインミーティングがほとんどです。

そのときに、わたしは画面に顔を出したことがありません。相手が欲しいのは情報であって、わたしの顔ではないからです。

リラックスしているほうが、色々といい情報を提供できますからね。目を瞑りながら、宇宙とつながって答えていることも多いです。

わたしのＹｏｕＴｕｂｅをご覧になったことがある人は知っていると思いますが、わたしのＹｏｕＴｕｂｅのメインコンテンツであるタロット占いも、手元だけ映します。

顔はというと、ノーメイクでターバンをしています。

下半身はパジャマなことも多いですね。
それが、一番リラックスした状態なので……。

わたしにとっても、相手にとっても、ベストでしょう（笑）。

何事も「リラックスして臨む」のが、
自分にも相手にもベスト！

「生き方のお手本」を見つける——とっておきの映画の楽しみ方

1940年代～1960年代前半の映画が好きなのです。小津安二郎監督の、家族の細かい心情がわかる作品が好きで、特に『東京物語』は最高に大好きです。ナンバー1です！

あとですね、好きな女性の俳優さんは、芦川《あしかわ》いづみさんです。彼女が出ている映画は、ほぼ全部観ました。

そして、好きな男性の俳優さんは、志村喬《たかし》さんです。彼が出演している、黒澤明監督の『七人の侍』や『生きる』はとても面白かったです。

まず、『七人の侍』は、7人の仲間集めのところが、大好きです。

また、『生きる』はあらすじを少しお話しすると、主人公は公務員の男性です。まるでロボットのように、本当の自分を押し殺し、言われたことを真面目にこなす毎日を過ごしています。

そんな主人公が、あるとき病気になって死を宣告され、何のために今まで生きていたんだろうと考えはじめ……、どんどん暗くなりました。

あるときレストランで、女の子の一言で、主人公が「生きること」に目覚めた瞬間があり、……そのとき、となりで誕生パーティーをしていた団体のハッピーバースデーの歌が流れるところが名場面です。


この映画の主人公も、「体調不良」という形で、天からアラーム（警告）があって、本当の自分に目覚めたのだとわたしは思っています。

「あんたはこうでもしないと、本当の自分の人生を生きようとしないからね！」と。わたし自身もある意味、同じようなことを経験したので、「なるほど」と思いながらそのシーンを観ていました。

映画を観ていると、人間という生き物は、いつの時代も、根本的には変わらないことがとてもよくわかります。

新しい映画の中にも、面白い作品がたくさんある

古い映画が好きといいましたが、映画は普通にいろいろ観ています。

たとえば2023年に公開された、宮﨑駿監督の『君たちはどう生きるか』は、好きです。

この映画の主人公は、ちゃんと自分に目覚めて生きている人ですね。他人に言われた通りにせず、ちゃんと自分の意志で考えて行動しているところが、さすがと思いました。

あと、最近観て良かったのは、役所広司さん主演の『PERFECT DAYS』という映画です。

簡単にあらすじを紹介すると、東京・渋谷の公共トイレ清掃員の日々を描いた映画です。主人公の清掃員、「平山さん」のささやかな日々が丁寧につづられます。

おしゃれな公衆トイレがたくさん出てくるのも可愛いですし、なんといっても、役所広司さん演じる主人公の「平山さん」が、日常にいちいち幸せを見つけちゃうところが

最高です。

「平山さん」の、今、ここを生きているところが、とても好きです。

わたしが映画の中で見つけた、「今、ここを生きている人」

映画の感想から少し離れますが……。

「今、ここを生きている人」ってすごく魅力的です。

なぜなら、「今、ここを生きている人」との接点があると、「過去や未来を生きている人」は、〝今ここ〟に戻ってくることができるから。

もう戻らない過去のことを後悔し、まだわからない未来を憂いて不安になる。わたしのいう「過去や未来を生きている人」とは、そういう人のことです。

過去や未来に心を奪われて「今、ここ」を生きることに困難さを感じている人は、今、いっぱいいます。

でも「平山さん」のように「今、ここに生きている人」は、そんな人たちの不安や怒りで頑《かたく》なになった心をも癒やすことができるなって思うんですよね。魂の優しさに溢れているというか。

そんな「平山さん」のような人に、これからももっと出会いたいし、わたし自身も、「平山さん」のようでいたいなって思います。

ちなみに、「平山さん」は、とてもきれいにトイレ掃除をしていますが、わたしも自宅のトイレ掃除をするときは、彼と同じくらいピカピカにしています。

映画を観るたび、「人間」という生き物に魅了される

「今の自分の状態」をチェックしたいなら、周りを観察する

わたしは作家の小林正観さんが好きで、彼の本はたくさん読んでいます。

小林正観さんがご存命のとき、お釈迦さまの言葉をよく用いてお話しされていましたが、わたしも「本当にそうだな」って実感しています。

その一つをここに引用させていただきますと、

・・・・・・・・・・・・

すべてが、あなたにちょうどいい。

今のあなたに、今の夫がちょうどいい。

今のあなたに、今の妻がちょうどいい。

今のあなたに、今の親がちょうどいい。

今のあなたに、今の子どもがちょうどいい。

今のあなたに、今の兄弟がちょうどいい。

今のあなたに、今の友人がちょうどいい。

今のあなたに、今の仕事がちょうどいい。

死ぬ日も、あなたにちょうどいい。

すべてが、あなたにちょうどいい。
・・・・・・・・・・・・

これをちょっとだけ、わたし流にアレンジするなら、こうなります。

「今のあなたの波動にちょうどいい」

ですね。

「一緒にいられる」って、つまりこういうこと！

そもそも、「自分にちょうど良いもの」でなければ、自分の家にやってきません。

家自体も、家が「自分にちょうどいい」と許可した人しか住めないでしょう。自分から見てもちょうど良く、相手から見てもちょうど良く、引き合っているのです。

モノもそうです。モノが許可した人でなければ、やってきません。

同じものでも、なかなか手に入らない人と、すんなり手に入る人がいますよね。

どっちかの波動が高くなりすぎたり、あるいは低くなったりしてしまったら、ちょうどよくないので、ご縁が遠くなります。

人間同士でよくあるパターンとしては、職場に苦手な人がいて嫌だったけど、その人のことを気にすることをやめて、今を楽しく生きるようにしたら、いつの間にかその人が異動になったり転職したりして職場を去っていってしまった。

……という感じです。

わたしは、こういった「職場に苦手な人がいる」と相談をされたときには「自分のことに集中して、自分の波動を整えるように」と伝えているのですが、こういったご報告は、かなりの数もらっているので、自信を持ってお伝えできるお話です。

つまり、ちょうどよくないと、人もモノもすべてにおいて、一緒にいることは不可能ということです。

だから、今の自分の状態を知りたければ、今の自分の周りを観察すれば、一目瞭然なんです。そこで不平不満が出てきたとしたら、「不平不満を言っちゃう自分」に「ちょうどいい人やモノ」に囲まれているということなんですよね。

これは、とってもわかりやすいし、使い勝手のいい法則です！

自分の周りを見て、ちょっと不快な部分があったら、周りをどうのこうのではなく、自分の波動を整えることに専念すると、周りは勝手に整っていくので、わかりやすいのです。

「他人を変えようとする」より
「今の自分を整える」ことに集中！

CHAPTER 4

わたしの人間関係

わたしにとっての「友達」とは!?

友達って、ある意味、いてもいなくてもどっちでもいい存在なのではないでしょうか。

もちろん、いたらとっても楽しいのですが。

「友達」という定義は、人それぞれ違うと思います。

友達たくさんいる！　という人に限って、見方によっては、「それ……ただのお知り合いじゃない？」ってこともあるし、
自分はいないと思っても、客観的に見たら、「いるじゃん！」ってこともありますね。

友達がいなくても、自分の時間を有意義に使って、とっても楽しく過ごしている人もいます。


わたしの場合は、友達はこの４つの法則にのっとって仲良くしています。

法則① 友達との関係の前に、「自分との関係」が一番大事、と心得る

「友達」というテーマでお話しすると、相手との関係がうまくいっているかとか、相手に好かれているか、などを気にする人がたくさんいます。

でも、本当はそんなの気にする必要ないんです。

自分の一番の友達は、自分自身です。

一番の友達でもある自分との人間関係さえうまくいっていれば、基本的に、自分以外の人との人間関係もうまくいくようになっています。

なぜかというと、「自分に対する自分の態度」は、そのまま「人に接する態度」として表れるからです。

また、「人が自分に対する態度」も、「自分が自分に対する態度」が鏡のように反映されるので、本当にわかりやすいのです。

たとえば、自分を否定しがちだと、必ず周りの人から否定されます。これは、本人が自分を否定しているから、無意識に、否定してくる人を友達として選んじゃうということも理由として大いにあります。無意識に、否定されることで安心するとでも言いましょうか。

人間関係って、この法則がすべてだといっても過言ではないです。

家族でも友達でも、接点がそれほどない人であっても、人間関係がどこかおかしい場合は、このスタート地点に戻れば解決できたりします。

つまり、**自分は、自分自身と仲良くできているか？　自分のことを否定していないか？　自分を大事にしているか？　ってこと**なのです。

自分との関係が素敵だと、人に対して、依存や束縛、コントロールしたくなる欲求などは起こりません。

だって、自分との関係に満足していれば、心のエネルギーに欠乏感がなく、とても満足しているので、他人からエネルギーやら何やらを奪う必要がないからです。

自分との関係に満足していれば、人から何かしらのエネルギーをもらおうということがなくなるだけでなく、人にどんどんエネルギーを与えることができるようになります。自分も人もみんなが潤《うるお》うのです！

誰も疲れません。

みんながどんどん元気になります。

「自分と仲良し」の状態って、最高で最強なのです。

法則② 友達とはいえ、ある程度の距離は必須、と心得る

知っている人は知っていると思いますが、「ヤマアラシのジレンマ」というのがあります。ヤマアラシ同士が近づきすぎるとハリが刺さり合って痛いように、人間同士も仲良くなろうと距離が近づけば近づくほど、お互いに傷つけ合ってしまうという心理のことです。

人間誰しも聖域というものがありますし、心地よい連絡の頻度も人それぞれ違います。

仲良くなってくると、お互いに心地よい距離感は、自ずと、感覚でわかってくるものです。

居心地が悪いときは、必ず、どちらかのハリが刺さりかかっているか、刺さっています。家族といえども、刺さらないように注意が必要です。

また、リアルであれSNS上であれ、同じクラスの人であれ、いろんな人と関わると、必ずこういう人（一緒にいるとミョーにハリが突き刺さる人）が登場すると思います。それは、適切な距離を間違えて、あなたの聖域に入ってくる人です。

これは、自分の人生のストーリー上ではエキストラに過ぎない、と思ってください。蚊みたいなものです。

蚊がやってきたら、こちらから蚊がいない場所に移動するか、蚊取り線香を置くなどの対策を取りますよね（刺されてかゆくなった後からムヒを塗る、でもいいですけどね）。

この場合も、そうすればいいだけなのです。

人生でも映画でも、メインキャストだけでエキストラがいなかったら、ストーリーが味気ないものになります。だから、こういう脇役キャラは、たとえ邪魔だとしても、必ず登場するものなのです。

ちなみに情報ですが……、

心配であろうが、好きすぎる場合だろうが……、年がら年中、相手のことをずっと考えてしまうと、生き霊として相手にくっついてしまいます。

これは、相手がそういうのを感じにくい人なら、何の影響もありませんが、何かしら感じやすい人ならば、肩が重くなったりすることがあります。あなたの愛が重すぎて、相手の負担になっちゃうんですね。

いくら好きでも、執着しすぎには気をつけましょう。

法則③　相手のことが人間的に好き、ということが大前提

電車の車両の座席数が決まっているように、人それぞれ、友達の座席というか、収容人数が大体決まっているような気がします。

だから、**大好きな人と遊ぶことが大事だと思います。**だって、自分の人生ですから、お気に入りに囲まれていていいんです。わざわざ、嫌なものに囲まれる必要はありません。


まあ、つまり単純な話で、会いたかったら会えばいいし、会いたくないなら会わなくていいという、ただそれだけの話です。

そうしていくと、お気に入りだけが残っていくわけです。

実にシンプルです。

義理人情とかなくて大丈夫です。

好きな人以外はエキストラです。


人って面白いもので、自分が好きになる人なら、相手も自分のことが好きになります。

逆も然りです。そういった波動って伝わるものですし、表情や態度に出ます。

だから、もしも、**仲良くなりたい人がいれば、まず自分から好きになればいいんですよね**（恋愛だと、メリット・デメリットが関わってくるのでちょっと違うカテゴリになります）。

法則④　お互いに「素の自分」でいられる

自分が素の状態、つまり、自然体で気をつかわないでいられれば、相手もその状態でいることができます。

これは、一緒にいてとってもラクで心地がいいことなのです。

そして、ラクで心地が良ければ、その関係は、自然と続きます。

相手に対して自分を偽《いつわ》ったり、カッコつけたりすることもありませんし、変に自分の気持ちを曲げて相手に合わせることもありません。

嫌なら素直に嫌と言える関係です。なんでもそのままを伝えるのです。変に遠回しに伝えると糸が絡まってこんがらがっていきます。

わたしは、友達との間で、もしも、何か心に引っかかることが出てきたとしたら、その日のうちに伝えたり、理由を聞いたりして、モヤモヤ0でスッキリさせておくことをモットーとしています。常にサウナ上がりのように「整っている」状態でいることがポイントです。

一緒にいて、会話がなくなってシーンとしていても全然ＯＫなのです。むしろ沈黙タイムこそリラックスです。

「自分との関係」が良好になればなるほど
これでもか！　というくらいに、
「人との関係」も良好になる

友達とは、「たまたま電車の同じ車両に乗り合わせた人」である

さて、ここまで長々と「友達の法則」をご説明してきましたが……。

相手にどう思われるか、好かれているのか、嫌われているのかと気を揉《も》むことはありません。

自然体でいいのです。

もし相手にどう思われているかが気になってしょうがない場合は、前項でご紹介した法則①がクリアできていないことになります。

法則①さえクリアしていれば、後の法則②〜④は自動的に楽勝でできちゃう感じです。

だから本当は、法則①だけでいいくらいなのです。

わたしは、友達関係というのは「電車でたまたま同じ車両に乗り合わせた人たち」のようなものだと思っています。

たまたま、隣に座って気が合えば、隣に座ったままになるし、その車両に自分の気の合う人がいなければ、一人で読書をしたり窓の外の景色を眺めたりしていればいいのです。

同じ車両に乗っていても、全員、目的地は違う

その電車に乗ってくる人も、その電車から降りる人も、その人それぞれの自由。引き止めたり、引き止められたりしません。

メンバーが大きく入れ替わるときがあったり、ずっと同じ顔触れが続いたりすることもあるでしょう。乗っている途中で、座席をちょこっと変えることもあります。

一回降りた人が、しばらくして再び乗ってくることもあるでしょうし、ずっと乗っていたのに、急に降りていく人もいるでしょう。

乗ってきたなと思ったら、すぐに降りる人もいますし、すぐ降りるだろうなと思ったら、ずっと乗っていたりする人もいますね。

何が言いたいかといいますと……、

友達との関係が切れたり、変化したりするのは、電車で同じ車両に乗っていた人が入れ替わるくらい自然なことなので、そのまま受け入れよう、ということです。

「ご縁の変化」は気持ちよく受け止めよう

友達になるとき〝着ぐるみ〟は関係ない！

ちなみに、今の友人の一人は、わたしが渋谷の占いの館で占い師をしていたときに、受付をしていた人だったりするんです。

ちなみに、10歳年上の友人です。

それでももう、かれこれ、16年くらいのお付き合いになりますね。

縁がある人って、たとえ年齢や性別、属性（わたしは、これらを〝着ぐるみ〟と呼んでいます。魂の外側にあるものだからです）**が自分と違っても、自然に続いちゃうんですね。**

また、友人って、年齢はあんまり関係ないと思っています。

幼稚園の頃、園長先生は、わたしのお友達の一人でした。

お迎えのバスが来るまで、当時70代くらいの園長先生の部屋で、園長先生とお話をするのが好きでした。園長先生とのお話が長引いて、帰りのバスが出発してしまったこともあります（そのときは、担任の先生が家まで車で送ってくれました）。

どんなお話をしていたかは忘れてしまったけれど、おしゃべりの時間はとても楽しかったことは、今でも覚えています。

属性にとらわれずに「人として」相手と向き合ってみる

律儀に、みんなと同じ話題で盛り上がる必要はない

で……、そんな感じですから、車窓を眺めて、楽しくしていればいいという感じです。車窓の向こうの電車に、つかず離れず、ずっといる人もいますしね。

わたしには、結構長く、自分の近くの席に座っている友人が10人くらいいます。その友人が友人を同じ車両に連れてきて、友人の友人がいつの間にか友人になっていったり。

しかし、友人たちをしみじみ観察すると、神主だったり、山伏であったり、甘味処の専務であったり、職業も年齢も性別も様々、みんな個性的で変人で濃すぎます。まあ、類友の法則って鉄板なのでしょう。

面白いのは友人って、いつも2人だけで遊ぶこともある人もいれば、2人だけでは遊ばない友人もいますよね。

あと、やっぱり、友人によって会話の内容が違います。この友人とは哲学的な深い話

で盛り上がるとか、この友人とはただ子供のように遊ぶだけとか。

友人と話が合わなくなったら、こう考える

それから、大事なことなのですが、友達って、話が合わなくなっても大丈夫なんですよね。どちらかが車両を乗り換える前くらいに、そういったことが起きますから。

そんなときは、無理に相手を変えようと説得したり、引き留めたりせず、流れに任せるのがいいと思います。

友人関係は、たまたま電車で乗り合わせた人のようなもの。
でも実は友人だけでなく、家族も全部そうなのです。

夫婦については、楽しかったらOK！

わたしの夫婦観としては、相手に「もっとこうして欲しい」というのはありません。

相手が楽しそうに暮らしていれば、それ以上望むことはありません。


とはいえ、竹田くんが歯医者に行ったほうがいいと思った場合などは、

「わたし（歯医者）予約するけど、一緒に予約しとく？」

と聞いたりはします。

ですが、**強制はしません**。

それがポイントです。

「わたし○○するけど、一緒にする？」、そう言われて、自分でも「そろそろ行かなきゃやばい」と思っていたら、必ず乗ってきますからね。

「(わたし) 行くけど (あなたも) 行く?」とか、

「するけどする?」

「食べるけど食べる?」

などは、わたしが普段よく言うセリフかもしれません。

一応、誘ってみるのです。

こうすると、乗るのも断るのも相手次第。決定権は自分自身ですから、相手も決して嫌な気はしませんよね!

夫婦といえども、コントロールはしない

ちなみに、竹田家は生命保険をすべて解約しました。

このときも、

「保険、解約したいんだけどしていい?」

と竹田くんに聞きました。

あっさり「いいよ~」と答えが返ってきました。

割と、これは躊躇《ちゅうちょ》されそうだなと思うことに限って、簡単に……、

「い～よ～！」

と返答が来ることが多くて面白いです。


わたしは、竹田くんが関係することに関しては、必ず竹田くんに確認をします。でも、「○○したほうがいいよ！」とかってあまり言いません。

だって、これって、ちょっとコントロール入っていますよね。

相手をコントロールしようとすることなく、でも「○○したほうがいいよ」って言いたい。提案したい。

そんなときは、代わりに、

「**○○したらこうなったんだ～！**」

「**○○したらいい感じだったよ！**」

という自分の感想を言うか、

「**○○とかどう思う？**」

と聞いたりします。

人って、自分のことは自分で決めたいものですし、自分で決めたことは、後から文句を言いませんからね！

で……、歯医者の作戦は大成功でした。あれほど歯医者が嫌いだった竹田くんが……、わたしが「予約するけどしとく？」と言ったら、

「そろそろ行かなきゃと思っていたから、お願いします！」

まさかの乗る気の回答が来たので、そのまま夫婦で歯医者さんを予約することができました。

夫婦でも、そうじゃなくても、他人をコントロールしない！

竹田家に「夫婦ゲンカ」がない理由

後ですね、わたしたち夫婦の間でケンカって、ないです。

元々、わたしが、感情の起伏があまりにもないということもあります。竹田くんによると、わたしの性格を一言で表すと、「おおらか」なんだそうです。

年に2〜3回、竹田くんの虫の居所が悪いときがあるくらいです。そのときは、わたしが原因でないことを確かめて、その後は、そっとしておきます。

わたしが原因のときは、ほぼないのですが、**もしもそうだった場合は、すぐに謝って終了です。**

ちなみに、わたしと竹田くんの会話って、子供のように遊ぶだけで、深い話ってしません。鼻歌を歌い合ったりするだけな感じですね。

わたしの場合、結婚して良かったなと思う点は、「いちいち楽しい」ということです。スーパーに買い物に行くときも、犬の散歩に行くときも、ラーメン屋さんに行くときも、ご飯やお菓子を食べるときも、筋トレに行くときも、一緒なら、いちいち夫婦でいろんなことを共有できて、ワクワクしちゃうという点です。

結婚って、毎日を新しく感じることができるアトラクションの一つですね！

家族は、人も動物も植物もそうだけど、
いたらいたで、面倒なことも多少あるけれど、
いなかったらいなかったで、つまらない

ネットワークビジネスに勧誘されてしまった話

わたしは、ネットワークビジネスに勧誘されたことがあります。
知り合いの人から、「一緒にご飯を食べましょう！」とお誘いを受けたのが、勧誘のはじまりはじまりでした。

そのご飯には、「紹介したい人がいるから、連れて行く！」とのことでしたので、「一体誰なんだろう」と思ったものの、行くことにしました。

すると、知り合いは、わたしに会うや否《いな》や、とあるビジネスがどんなに素晴らしいかを熱く語り始め……。

そして、知人がいう〝紹介したい人〟というのは、それをうまく説明してクロージングする係っぽかったのです。

呆然《ぼうぜん》とするわたしの前で、知り合いは「こんなに素晴らしいビジネスなのに、上場しないで、会員さんに分配するというところもすごいでしょう！」などと、めちゃくちゃ勧めてきます。

そら、ネットワークビジネスは上場しないでしょ！

そして、そのビジネスのお金の流れの話が非常にわかりにくいのと、すぐにわたしを会員に登録させようとしてきたのと、「いま登録しないと、もうすぐ締め切る！」と言われたことで、わたしの不信感は頂点に達しました。

もう、怪しさ100点満点でした。

「これは、ネットワークビジネス？」と聞くと、相手は「そうではない」と全否定をしてきました。

でも、どう考えても、仕組み的にネットワークビジネスだと思ったので、いろいろくわしい友人に後から聞いてみたら、

「あっ、それは、正真正銘のネットワークビジネス！」

と、サクッと答えをもらいました（笑）。

断るときはピシャリと断ってOK！

あと、気になった発言としては、「わたしは、人を選んで紹介している」と言われたことです。

そういえば、勧誘をしてきた知り合いとわたしは、共通の知人が何人かいるものの、そんなに深いつながりはありません。だから、知り合いがわたしを勧誘相手に選んだことが不思議だったのです。

素直だから狙われやすいのかもしれません。

もちろん断りました。

ネットワークビジネスが悪いといっているわけではありません。そのビジネスが合っている人もいます。

けれど、勢いで登録させるのは良くないでしょう。
そして、そもそも、謎のクロージング係がいたら、非常に危険です。

友人との待ち合わせに「謎のクロージング係」がいたら、絶対に危険！（笑）

CHAPTER 5

結局、いちいち大丈夫だった！

霊能者に「良くないこと」を言われても大丈夫

わたしは占い師ですが、霊能者に自分のことを見てもらうのも、趣味として好きです。

ただし、**わたしが一番信用しているのは自分の中の感覚なので、霊能者に何を言われようと、参考程度にしか受け取りません。**

とはいえ、いいことを言われたら、完全にそれをインストールします。

以前、こんなことがありました。

引っ越し前に、ある霊能者に、ノリで、「次の家が自分に合うかどうか」を聞いてみたんですね。もちろん、自分でよく検討し内見も済ませた物件ですから、最高なのは自分でよく知っています。

すると、霊能者にこんなことを言われたんです。

「そこに引っ越すと運気が下がるし、仕事が減ってしまう」と。

しまいには「引っ越さないほうがいい」とまで言われてしまいました。そして、もしすでに引っ越しが決まっているのなら、せめてもの対策として、除湿器をずっとかけておきなさい、とのことでした。

しかし、わたしは口呼吸の人で、油断すると口の中がカラッカラになってしまうほど。どちらかというと、除湿器より加湿器が必須なタイプの人です。

ですから、そのアドバイスはスルーすることにしました。

あとは、「そこに引っ越すと仕事が減ってしまう」という件。

それは、こう考えることにしました。

基本的に、わたしは仕事は油断すると増えちゃうので、そのとき、仕事をいろいろ断って、減らしている最中だったんです。なので、引っ越すことで仕事が減るなら、ちょうどいいなと!

さて、実際に引っ越した後どうなったかというと……?

ものすごく絶好調で、毎日がワクワクで幸せいっぱいです。運気は逆に爆上がりしております。

ちなみに、その霊能者には、引っ越しについて悪いことも言われましたが、同時に、「あなたは強運で、特に金運は死ぬまで大丈夫」とか……、いいことも言われました。

それについては、言葉通りしっかり受け止めました。

この世界は自分が信じたこと、意識したことがそのまんま展開される世界。なので、他人から言われたことを鵜呑《うの》みにしてしまったら、その通りの世界が展開されることでしょう。

だから、展開されてほしい世界だけしっかり受け止めて、展開されたくない世界については、完全スルーでいいのです(笑)。

気になる「家や風水や方位」は、こう考える

ちなみに、家も風水も方位も、基本の考え方は同じです。

どこに住むかではなく、そこでどう感じるかに、わたしはポイントを置いています。自分の感覚的に「とてもいい」と感じるのなら、誰が何と言おうと、それはベストなのです。

反対に、有名風水師に「これ（たとえば、クリスタルの置物とか）をこの方角に置くといいよ！」なんて言われても、自分がそれを置いてみて心地よくないと感じたのなら、そんなもの置かないほうが、大正解です。

何をするにも、どこに行くにも、自分が心地いいなら「正解」。そうでなければ「不正解」。すべて自分がいちいち選べるのです。

何をするにも、どこに行くにも、自分が心地いいなら正解。
そうでなければ不正解。すべていちいち自分が選べるのです

わたしたちは「見たい世界」を選べるから大丈夫

ちなみに、わたしたちが見ているこの世界について、少し話しておこうと思います。

実は私たちは、「自分が見たい世界」を見ているだけなのです。

心配、不安の世界を見たければ、その想像がどんどん膨らんで、心配や不安で世界のすべてが覆われていきます。

でも、信頼や安心をベースにした楽しい世界を見たければ、信頼感や安心感、楽しさで世界のすべてが覆《おお》われていくのです。

なので、つい心配しちゃう場合は、「最悪なこと」ではなく、「最高なこと」を想像して、

「本当にそうなったらど～しよう……、

ゾクゾクしちゃう……」

と心配すればいいんです。

心配の内容をすり変えるんです（笑）。

わたしたちは、自分でどの世界を見るか選べるのです。

同じ世界にいても、「地獄を生きている人」と「天国を生きている人」がいるのは、ただ本人が見たい世界が違うだけなのです。

そして、人の世界は変えることができません。世界は、自分で選ぶものだからです。

世界は「自分で選ぶもの」！

「見えない力」に守られているから大丈夫

この話は、他の本にも書いたことがありますが、ここでもご紹介したいと思います。これは、前回の引っ越しのときの話。75ページにも書いた物件と同じマンションの、違う部屋の話なのです。

その部屋を内見したときに、リビングがめちゃくちゃ広かったのと、窓から緑がたくさん見えたので、その部屋がとても気に入ったんですね。ですので、第一希望としてその部屋を選びました（実際に引っ越すことになった部屋は、もともとは第二希望だったんです）。

しかし、第一希望の部屋は、すでに先約がいたのです。

ただ、家賃交渉をしているようで、それで、契約成立まで時間がかかっているとのことでした。でも、「ほぼ先約者で契約は決まりだろう」というのが、不動産屋さんの見解だったんです。

なので、わたしは第二希望の部屋を入居希望と定め、準備を進めることにしました。

このときも、今住んでいる家と同じくらい審査が厳しい物件だったのですが、無事通りました！

そして、いよいよ契約という日に……、

なんと、第一希望の部屋の先約が、家賃交渉不成立になり、先約者はその部屋を辞退したということがわかったのです。

一瞬、「え～！」と思いました。

そう思ったけれど、なぜだかわからないけれど……。

わたしの中では、すでに、第二希望が第一希望にすり変わっていたので、全然、心が惹かれませんでした。

そのときには、以前あの部屋にあんなに惹かれていた理由が、不思議とわからなくなっていたのです。

で、実は、その入れなかった部屋というのは、何年か前に、宝石泥棒が入った部屋で、それから、次に住む人がいなかったとのことです。

あ〜、だから家賃交渉していたのかな⁉

わたしの感覚に〝後押し〟してくれたこと

それだけならいいんですが……。

その近所に知り合いがいて、その人から、

「あのマンションは、すごくいいんだけど、1階だけは良くない」

との情報が入ったり。風水の知り合いから、

「あのマンション、もしも1階に住んでいたら、健康や夫婦仲に良くない影響が出たかもしれません」

と言われたりもしました。

まあ、とにもかくにも、あの1階の部屋には、縁がなかったと考えました。

ちなみに、そこ（最初は第二希望だった部屋）に引っ越してから、運気は爆上がりしました。そして、また約3年後、引っ越しました。

引っ越すたびに運気爆上がりのわたしです。

引っ越すたびに運気爆上がりの法則

「住んでいる家」が自分を守ってくれるから大丈夫

前項の話の続きです。
そのときの「わたしはこう考えた」をご紹介します。

（1）そもそもわたしは、その部屋には呼ばれていなかった
（2）わたしがそこに住まないように、「見えない力」が働いた
（3）後に住むことになる部屋が、わたしのことを呼んでくれた

この3点セットでしょう。

家というのは、自分が入れたい人を入れてくれるわけですからね。

呼んでくれて、ありがとう！

ちなみになんですが、家というのは、自分の家に入ってくる人を選ぶようです。まあ、家にとっては、住む人って自分自身みたいなものですからね。

なので、遊びに来る人も、選んでいるみたいです。約束したのに、急に来れなくなっちゃう人とかっていますよね。

「引っ越し」とは、家から呼ばれる！
招き猫ならぬ、招き家だった

自分には、思い切り甘くしてしてあげて大丈夫

わたしは今日何をするか、ＴｏＤｏリストを書くのが大好きなのです。１日に何回も書き直したりもします。それ自体が、好きなんです。

子供の頃も、夏休みの計画などを、とてもワクワクしながらリストにしていました。ちゃんとタスクを完了できたときは、そこに線を引きます。こうして一つひとつクリアしていく実感が持てるのが楽しいですし、できなくても、それはまた次のリストに引き継げばいいだけ。何の縛りもありません。自分には甘く、がコツ。ただ、好きなのです。

「できなかった自分」を決して責めない！

人から怒られても大丈夫

人に怒られるのを怖がっている人がいますね。

基本、怒られても大丈夫なのです！

明らかに、こちらが相手に迷惑をかけている場合は別ですが、そうでないことっていうのも、案外、多いんですね。


こんなことがありました。

わたしの実家は二世帯住宅で、おばあちゃんとおじいちゃんと同居していました。

土曜日の午前中などに、お兄ちゃんとわたしは、おばあちゃんとおじいちゃんがいる部屋に遊びにいくことが多かったのです。すると、お父さんも、こちらの部屋にやってくるんですね。

で、みんなでワイワイ1時間くらい過ごして、自分の家のほうに戻ると……、毎回、お母さんの機嫌がものすごく悪いのです。そんなときは、何かしら理由をこじつけて、めちゃくちゃ怒られます。お兄ちゃんもわたしも怒られました。

お母さんの「イライラ」の原因は……

わたしは、途中で、「早めに戻れば怒られないんじゃないか⁉」と思ったことがあり、一人だけ、早めに戻ったことがあります。

すると、なんということでしょう。

今まで以上に、めちゃくちゃ怒られました。

そして、さらに理不尽なことは、後から戻ってきたお兄ちゃんは、なぜか怒られなかったのです。

恐らくお母さんは、お兄ちゃんが帰ってきたときには、すでにわたしにイライラを出し終わって、スッキリしていたのです(笑)。

多分、お母さんとしては、自分以外の家族が全員、おばあちゃんとおじいちゃんの部屋に行ってしまって、なんか嫌だったのではないかと思います。それを素直に説明できず、イライラ大爆発だったのでしょう。

でもこれって、怒られるほうの問題ではありませんよね。

もちろんこれは一例ですが、今までの経験上、次のことが言えます。

人が怒るのは、怒られる人の問題ではなく、その人自身の問題であることが多い。

「他人の怒り」を背負い込まない

おばあちゃんの位牌を間違えても大丈夫

おばあちゃんの七回忌のときの話です。お坊さんがお経を唱え終わって、すべての過程が完了して、位牌《いはい》をこちらに渡そうとしたときに……、

お坊さん「あれ⁉　この位牌は……」

よく見てみると、**その位牌は、おばあちゃんの位牌ではなく、おじいちゃんの位牌だったのです。**

その瞬間、まるで吉本新喜劇のように、親戚一同ズッコけました。

その位牌を家から持ってきた父親は、こう言いました。

「じいちゃんも来たかったんだろうな！」

こんなふうに、自分のミスをむりやり肯定して「いい話」に持って行った感じにして、締めくくられました（笑）。

で、七回忌で十分だろうという感じだったのですが、この件があったので、おばあちゃんに関しては、次の十三回忌もすることになりました。

この十三回忌のときに、話の流れで、わたしは、おばあちゃんの形見である真珠のネックレスを受け取ることになりました。

おばあちゃん的に、「ありがとう、もう満足だよ！」という印でしょう。

人生はすべて、結局いちいちコント！（笑）

子供ができなくても大丈夫

わたしが竹田くんと結婚したときは、「結婚したら子供をつくる」という流れが主流でした。わたしも、当時はそれが当たり前だと思っていました。

そこで、毎月、お医者さんに診察してもらって、排卵日を聞きにいって、計画的に子供を作ろうとしていました。

しかし、子供はなかなかできなかったのです。

夫婦で色々調べてもらうと、自然妊娠はできなそうということがわかりました。なので、体外受精に切り替えました。しかし、何度やってもできませんでした。

そこで、竹田くんが急に神がかったことを言ったのです。

「今が何の不足もなく、100パーセント幸せだから、もしも、子供ができたら、それはオプションであって、子供がいてもいなくても、僕たちは100パーセント満足なんだよね」と。

この一言で、わたしたちの子作り作戦は完全に終了しました。

なんか、目が覚めてしまったと言いましょうか。

そ～だよね、今この瞬間がいちいち幸せだもんねって。

何の過不足もない。もうここに幸せはあったのだ！

これは、いちいち幸せに気がつくためのレッスンだったのかもしれません。

いちいちすべては必要な経験！
すべては「ありがとう」でしかない！

「意外な経験」から「意外な糧」を得られるから大丈夫

前項で、体外受精をしようとしたお話をしましたが、これには、別の「いいこと」もありました。というか、このときの経験があったからこそ、わたしは、今の自分になれたと受け止めています。

というのも、体外受精にはたくさんお金がかかります。だから、この不妊治療の経験を通して、わたしの仕事に対するスタンスは、かなり変わりました。

とりあえず好きなことで食べていけたら……というくらいの気持ちから、すっかり「もれなくお金を稼いじゃうぞ！」という積極的なやる気に変わっていました。

実際に、あれやこれやと本を読んだり、セミナーに行ったりしてマーケティングを学んだりすることで、必死かつ楽しく、自分のビジネスを軌道に乗せていったのです。

そして、自分が商人向きな性質の持ち主であることが、すごく明確になっていきました。これは、実際にいろいろトライしなければ気づかなかったことです。

「自分で稼ぎたい人」と「雇われていたい人」

ちなみに……、

仕事って、商人向きの人もいれば、雇われて働くのが向いている人もいるんですよね。商人向きの人は、どんなときも次の仕事のアイデアを出したり、次の事業計画を練《ね》ったりしています。そして、忙しければ忙しくなるほど、心も体も絶好調になるんですね（もちろん、忙しすぎたら調整は必要です）。

わたしにとって、会社を設立して仕事をするというのは、雇われて仕事をしているときよりも、はるかに面白くてラクなことだったのです。

人から見ると、大変そうに見えたりするのですが、本人はただ面白くってしょうがないだけなんです。

ゲームに夢中になっている感じでしょうね。ゲームもハマっているときは、険しい顔になっていたり、手が離せなかったりしますからね。

楽しく簡単にできちゃうことって、前世にやっていたのか、感覚的にできるのですね。
感覚的にできちゃうときの基準をご紹介します。

・楽しくて時間も忘れてずっとやってしまう
・ちょっと聞いたり学んだりしただけで、勘所《かんどころ》がわかっちゃう
・人から「教えて！」などと、よく頼まれるようになる

これらに心当たりがあったら、それは「才能」なんですよね。

超意外なところで、「自分の才能」に目覚めちゃうこともある！

パートナーと別れても大丈夫

わたしと竹田くんは、結婚をする前に、4回ほど別れてヨリを戻して、を繰り返しています。10代の頃に2度、20代の頃に2度です。

その中でも、特に印象深かった23歳のときの話をしたいと思います。

あるとき、竹田くんに呼び出されて、いきなり、「好きな人ができた」と言われました。けれど、わたしのことも好きで、どうしていいのかわからないと相談されたのです。

1週間コーヒーしか飲んでいない……と、竹田くんは苦しんでいました。見た目も、本当に死ぬほど苦しそうだったのです。

「えっと～これ伝えられて……、苦しむの、わたしのほうじゃね⁉」

という状況ですが……（笑）。

一瞬ショックでしたが、頭の中が空になってしまいました。

いろいろ話をした結果、わたしはこう提案をしました。

「わたしではなくその人と会うようにして、その人と付き合うかどうかを考えればいいんじゃないか」と。

そして、「うちらは、3カ月後に会おう」ということになりました。

一人になって湧き上がった、パートナーへの本当の気持ち

こうして竹田くんとずっと話していたので、夜になってしまいました。そこで、明日もう一度会う約束をしました。

そして、家に帰ったら……、感謝の気持ちがどっと湧き出てきたのです。

今まで付き合ってくれてきたことと、一緒に過ごした時間に。

そして、**好きな人が幸せになるのなら、それは、わたしにとっての一番の幸せだなって悟ってしまったのです。**

そしたら、どんどん、幸せな気持ちになっていきました。それを、わたしは手紙に書くことにしました。そして、次の日竹田くんに会ったときにその手紙を渡し、お互いの部屋の鍵を返して、別れました。

そうして、なんか、わからないけれど、その後の3カ月間は、わたしはとても幸せで軽い気持ちで過ごしました。

いよいよの対面。竹田くんの気持ちは?

そして、3カ月後、わたしたちのヨリが戻ります。

なんと、竹田くんはその人と会うようにしたら、一週間くらいで、

「なんか違うぞ!」

ということがわかったようです。そこで、その人とお付き合いするのは、やめることにしたのだそうです。

じゃあ、なんですぐ連絡を寄越《よこ》さなかったの？　という話ですが……。
なんと、わたしと「3カ月後に会おう」と約束したから、3カ月待ったそうです。

（完）

真面目かっ!!

一見、深刻なことって、深刻をやめちゃえば深刻さは消える

縁が深いものは、また戻ってくるから大丈夫

ちなみに、おばあちゃんからは、209ページで触れた真珠のネックレスの他にも、ダイヤやガーネットの指輪など、いろいろ形見をもらっています。

わたしはこれらの形見を大事にしています。

おばあちゃんの形見のジュエリーには、面白いエピソードがあります。なくしても、必ずわたしの手元に帰って来るのです。

ガーネットの指輪は、福岡に行ったときに飛行機でなくしたことがありましたが、なんと、帰りの飛行機に乗るときに、添乗員さんから、「この指輪をなくされませんでしたか⁉」と渡されました。

ダイヤの指輪を落としたときは、わたしは気づいていなかったのですが、隣の席の人が拾って渡してくれたことがあります。

おばあちゃんの形見は、なくしても必ず戻ってくるんです。

本当に縁のある人、モノ、コトは、一度遠のいてもまたつながる、ということなのかもしれません。

縁があると、ヨーヨーのように
また戻ってくる

愛犬が天国に行っても大丈夫

わたしは、フレンチブルドッグのシェフとマスターを飼う前に、ミニチュアダックスフンドのおおぽち先生を飼っていました。

おおぽち先生は2005年6月30日に地球にやって来て、2020年11月29日に天国に行きました。

いい肉の日です！

おおぽち先生が天国に行った日のことは、今でもよく覚えています。

そのときわたしは、高千穂峰《たかちほのみね》に登山に行っていたのですが、帰ってきてちょうど家に着いたときに、おおぽち先生は旅立ちました。わたしの帰宅を待っていてくれたようです。

その前日の夜、おおぽち先生がわたしの夢の中に現れました。それは「いとまごい」だったのでしょう。

おおぽち先生が旅立った日。その日の夜は、わたしと竹田くんの間で一緒に眠って、次の日に、お寺の方がおおぽち先生をお迎えに来ました。

そのとき、わたしはおおぽち先生の鼻のところにお菓子と、両脚にはピンクのバラをたくさん持たせました。

おおぽち先生とは、いつも一緒にいたし、愛もたくさんもらいました。

そして、わたしも、愛をたくさん与えることができました。

なので、おおぽち先生が天国に行ったときは、悲しかったけれど、それと同時に「ありがとう」の、感謝の気持ちでいっぱいでした。

なので、わたしは、おおぽち先生との別れを必要以上に引きずることはありませんでした。

それは、おおぽち先生との関係の中で、後悔を残していなかったからなのです。

今やマッハで走り回るおおぽち先生

あとですね、おおぽち先生は、今でもちょこちょこ、わたしの夢の中に出てくるのです。

生前、あんなにヨボヨボだったおおぽち先生は、今、マッハの速さで走って来ます。天国ではものすごく元気で楽しんでいる様子でした。

おおぽち先生が亡くなったときから、わたしはおおぽち先生の魂を受け継いだワンコ先生を迎えることに決めていました。なので、おおぽち先生が天国に行った後に生まれたワンコ先生を飼うことに決めていました。

そして、２０２２年の2月に、２０２１年12月12日生まれのシェフと、２０２１年12月31日生まれのマスターに運命的に出会って、ファミリーになりました。それぞれ、おおぽち先生の性格がしっかり配分された感じです。

わたしは、ワンコ先生が地球に遊びに来ている貴重な時間を、共に過ごせたということに感謝しかない!!

ありがとう!

もし亡くなった犬が恋しくなったら、犬側の気持ちになるといいかもしれません。飼い主さんの笑顔、そして幸せを心から願ってくれているでしょう。

天国に行ったワンコ先生たちはきっと、天国で元気いっぱいに走り回っていることでしょう!

今、できないことがあっても大丈夫
——同じ夢は、進化させて〝昇華〟させている

同じ内容の夢を見ることがあります。

①体操服を忘れるが、その体育の授業に出席しないと単位を落として卒業できなくなる。

②数学のテストの直前で、全然勉強をしていなかったから焦る。そして、もしも点数が低いと、進級できない。

③警察に追われている。

この3つの苦しい夢は、子供の頃から何度も見ていました。

でも、どれもこれもあるときを境に、夢の中で思考を切り替えることができるようになりました。

①体育の授業に出席しなければ卒業できない！　どうしよう！↓たとえ卒業できなくても、違う道を歩めばよい
②数学のテストの点数が悪かったら、進級できない！　どうしよう！↓たとえ退学になっても、違う道を歩めばよい
③警察に追われている。どうしよう！↓むしろ警察に捕まったほうが、ずっと逃げ回るよりも後々ラクである

こんなふうに、新しい思考に切り替わりました。
すると、場面が切り替わって、違うストーリーになり、これらのよく見ていた悪夢を、パタリと見なくなりました。

「夢の中でできること」＝「現実でもできること」！

夢って潜在意識でもありますから、夢でできるようになったことは、現実でもできるようになっているということです。

ですので、わたしは夢で行動を切り替えられるようになった後、現実でも、思考の切り替えができるようになりました。

大変なことが起きても、それをそのままキャッチしてあたふたしたり、抵抗して苦しんだりするのではなく、

「こっちの道もあるよね！」と、他の方法が降りてきたり。

あるいは、サクッと手放せるようになったり。

時には、自然の流れに委《ゆだ》ねてみるという方法を取れるようになったり。

どんどん視野が拡大されていきました。

苦しい夢を、一気にアトラクションにしちゃう方法

また、苦しい夢を見ても、楽しめるんですよね。

例えば、夢の中で、絶体絶命のシーンになることがありますね。

これは夢だと知っている場合もあるし、それに気づいていないときもありますが、あ

えてそこから飛び降りてみたり、手を離してみたりして、状況や流れに身を任せ、委ねてみます。

すると、怖いどころか、とってもラクで楽しい世界にシーンが切り替わるのです。

ちなみに、夢の中で夢とわかったときは、それから夢の中を好き放題に楽しんじゃうことにしています。しかし、「やっぱりこれ夢じゃなかったらどうしよう」と心配になることもあり、あんまり悪ノリしすぎることはありません。それくらいリアルな体感で遊んでいます。

夢と同じくらい、現実でも遊んでみるくらいがちょうどいい気がします。

夢と同じくらい、現実でも自由に遊んでみちゃってＯＫ！

CHAPTER 6

いちいち「不思議」を堪能する

不思議なことを、流さずにいちいち楽しむススメ

ここまでお話ししてきたとおり、わたしは、不思議なことやスピリチュアルなことが大好きです。

もちろん、信じるか信じないかはあなた次第の話ではありますが、**わたしは、面白いことはまるっと楽しみます。**

この章では、そんな経験談の中から、とっておきのエピソードをご紹介します。

わたしは「趣味、整体」と言い切るくらい、整体が大好きです。一人の整体師さんのところに通うのではなく、何人もお気に入りの整体師さんがいます。気になる整体師さんのところには、気軽に行ってみます。

2章でもお話ししましたが、整体師さんの中には、神秘的なパワーで施術をする人が

ときどきいるので、そういったことも含めて面白いのです。

衝撃！　霊ってそんな軽いノリで〝憑いちゃう〟もの!?

あるとき、除霊をしながら整体をしてくれるという整体師さんのところに友人が通っていると聞き、興味を持ったわたしは、早速自分も行ってみることにしました。

その整体師さん曰く、わたしたちは普通に生活しているだけで、着ている服が汚れるように、霊が憑くのだそうです。その人は、それを定期的にクリーニングする感じの施術をしているようです。

いつ霊が憑いたかは、洋服のシミがいつ付いたかわからないのと同じで、わからないとのこと。

ちなみに、霊は臭いがキツイみたいで……、

わたしが初回行ったときには、施術しながら整体師さんはゲホゲホしていて、臭くて大変そうでした。2回目からは、それほど臭くなさそうでした。

そもそも、霊が憑くとどうなるのかを聞いてみたら、「つい、何かをしすぎちゃう」ら

しいです。それを聞いて、

「そっか、そう言われてみればだけど、今まで、仕事をしすぎちゃっていたな〜」と思った次第です。

わたしは仕事だったから、まだいいのかもしれません。

心配をしすぎるとか、誰かに執着しすぎるとか、完璧主義すぎるとか、自分に厳しくしすぎるとかだと、キツいかもしれないですよね！

簡単、どこでもすぐできる「除霊」メソッド

ちなみにですが、そもそも、自分じゃない何かが自分の中に入ってきたときには、体が重くなったり、あるいは、イライラしたり、いつもの自分とは違う性質が出てきたりすることがあります。

そんなときに、除霊ができる友人からとっておきの方法を教えてもらいました。

まず、霊に向かって、「あんた誰？」と問いかけます。勝手に人の体の中に入ってきて

いることを、こっちは知っているぞと知らせるのです。

すると、ほとんどの霊は、それがバレるのが嫌みたいなんですね。驚いて焦り出すので、その間に、思いっきりグッと全身に力を入れると、出ていってくれるそうです。

つい何かをしすぎちゃったり、普段と違う自分が出てきて困ってしまったりしちゃうときは、ぜひ試してみてください。

いちいちスッキリさせていきましょう。

何かが過剰になったときは、「憑いてる」せいキヤも！

「田代まさこ」になった話

特に悩みもないし、心はいちいち軽さＭＡＸなのですが、ときどき潜入調査をしたくなります。実際に、とあるスピリチュアルなセミナーに参加してみようかなと思って、参加したことがあります。

わたしは普段、仕事のときは、金髪のかつらを被っているので、わたしがキャメレオン竹田ということは、誰にもバレていないと思います（そもそも、すごく熱心なファンとかでなければ、気づかれることはありません）。

ですが、念の為、名前を偽名にしました。

「田代まさこ」にしたのです。

最初は地味な感じで行こうっと思って、黒髪＆地味な身なりで、性格もおとなしめを演じて、参加しました。
そして、会場に用意されていたのは……、
「田代まさこ」と書かれた、首から下げるネームプレート!
みんなから、「まさこさ〜ん!」とか、「田代さ〜ん!」と呼ばれ……、
あまりないはずの、若干の罪悪感を覚えました(笑)。

参加者のみんなが感動した、「わたしの変化」の正体とは

このセミナーはコースになっていて、何度か通うのですが、だんだん自分を隠し切れなくなってきて、服装も性格も、いつもの派手な感じに戻っていきました。

しかし……、
それを見たセミナーに参加されている人たちの反応が……、

「まさこさん、(ここに来て)すごく変わりましたね!」

と、まるで、「セミナーに参加したことであなたは変わった!」といった見方をしているようでした。

さらに、「肌もトーンアップして透明感が出てきましたよ！」と言われました。

実は、そのときわたしは、トーンアップのためのレーザー美白をしていました。

「みんな、変わりたい、または、変わっていく人を見て、このセミナーの効果を実感したいのかな〜」

と思いました。

「まさこさんってもしかして……」

セミナーが進むにつれ、だんだん、「まさこさんは何をしている人なんですか」と、いろんな人が聞いてきました。しまいには先生まで聞いてくる感じになったので、

「潜入調査がバレる！！！　どうしようかな」

と思いましたが……、

逃げ切りました！

振り返れば、あのとき「公務員」って言っておけば面白かったかなって思います。まあ、田代まさこで過ごせたのが楽しかったです。

1章でもお伝えしたように、わたしは「気になったことはいちいちやっちゃう」「いちいち見に行く」「いちいち確かめてみる」性格なので、面白そうなことにはこうやって飛び込んじゃいます。

普段会わない、いろんな考え方の人と触れ合えるので、オススメです。

たま〜に、アウェイなところに参加すると、いろんな考え方の人を知れて面白い

夢と現実がリンクしていてびっくりした話

これは、夫である竹田くんの話です。

あるとき、「物を送りたいので、友達のHくんの住所を教えて欲しい」と、LINEでわたしに何度もメッセージを送っていたんですね。しかし、わたしはそのとき、昼寝をしていました。

さてお昼寝が終了し、LINEが届いていたのでチェックしたところ、大変驚いたんです。

「Hくんの住所を教えて欲しい！」と、竹田くんからのメッセージに書いてあったからです。そのとき竹田くんはかなり急いでいたみたいで、3回くらいメッセージが届いていました。

で……、なぜ、わたしが驚いたかというと、**まさに、私は夢の中で、Hくんの夢を見ていたからなんです。**

竹田くんと一緒に、遊びに来たHくんを駅に迎えに行く、という夢でした。しかも、夢の中で、わたしは竹田くんから「早く行くよ！」と急かされていました。

細かい状況は違うにせよ、「Hくん」「急ぎ」という2つのキーワードがばっちり、夢の中に届いていました。

わたしの、夢にまつわる不思議な体験

また、これと似たような現象は他にもいろいろあります。

友人が、夢の中でわたしにタロットを引いてもらったそうなんですね。そして、起きた瞬間に、友人のスマホにわたしからメッセージが届いたのだそうです。

わたしからのメッセージを開いてみたところ、何と、「タロットの『魔術師のカード』の画像」が送られてきたのだそうです。

わたしとしては、ちょうどその頃、オリジナルのタロットカードを製作しているときで、「可愛いカードが出来上がったよ！」という意味で、友人にメールで画像を送ったのですが……。

それが、友人の夢の続きとリンクしていたとは！

あともう一つだけ言いますと、夢の中で、友人から相談を受けたことがあります。目覚めた後、その夢の中での相談内容を、本人に伝えたんですね。

すると、これからわたしに相談しようと思っていた内容そのままだったみたいで、ものすごく驚かれたことがあります。

夢と現実はつながっている⁉

帰省しなかったわたしを夢の中まで探しにきた祖母

夢の話は、他にも面白いエピソードがたくさんあります。

昔、おばあちゃんが天国に行ったあとの、最初のお盆のときに、実家に帰省しなかったんですね。

そうしたら、おばあちゃんが、夢の中で、東京のわたしの自宅まで探しにやって来ました。

おばあちゃんがめちゃくちゃ目を大きく開けて、窓の外からわたしを探してくるので、ちょっと怖くてわたしは隠れてた……という夢です。

また、これは正確にいうと眠っていたわけではないのですが……、

3時間にわたるインプラントの手術中に、つい、うつらうつらしていたら、おじいちゃんとおばあちゃんとおおぽち先生（前に飼っていた愛犬）が、わたしの夢の中に出てきたことがあります。

迎えに来た⁉　と思いました。

でも多分、これは、「迎えに来た」というより、「様子を見に来た」というほうが正確のようです。

わたしの夢の中では、この3人は、いつも一緒に登場してきます。どうやら、死後の世界では、一緒に暮らしているっぽいんですね。

で、わたしの歯の治療が長すぎて、3人がちょっと様子を見に来たということがありました。

あの世から迎えに来たおじいちゃん

おじいちゃんは、わたしが20代後半のときに、おばあちゃんは、わたし30代半ばのときに、天国に行きました。

おばあちゃんは生前に一度、倒れて危篤《きとく》状態になったのですが、そのとき、おばあちゃんは、当時新しくできたばかりの病院に入院していました。

すると、あの世にいるおじいちゃんが、息を切らしながらおばあちゃんを迎えに来たそうです。

どうやら、おじいちゃんは自分の知っている病院をいろいろ探したのに、どこにもおばあちゃんがいないから、焦って探しまくって、やっとおばあちゃんのことを見つけたそうなのです。

これはおそらく、おばあちゃんが入院したのが、おじいちゃんが知っている病院ではなかったからでしょう。

おばあちゃんは、おじいちゃんがあの世から迎えに来たことを察知して、すぐに追い

払ったそうです。

そうして、おばあちゃんは危篤状態から復活しました。

一命を取り留めてから、おばあちゃんがこの話をわたしに教えてくれました。

あの世からのお迎えは〝フライング〟することがある

亡くなった友達が、「自分のお葬式」の感想を伝えに夢に出てきてくれた話

ここからは夢の中の話です。

わたしが実家に帰省していると、電話が鳴りました。
プるるる、プるるる……。
母「電話が来てるよ！」
私「誰から？」
母「みっちー？　とかっていう人……」
私「……え⁉」
そして、電話に出て、私は言いました。
私「みっちー⁉」

みっちー「そうそう、オレだよ！　久しぶりだね」
私「え⁉　え～⁉」
みっちー「ごめんね～、約束守れなくて。でも、すごくい～よ！　最高だよ！」
と、みっちーはとても高いテンションで電話をかけてきました。

わたしが、なぜこんなに驚いているかというと……、
みっちーは、先日、病気で亡くなったからです。

何年も白血病で苦しみ、けれど、とても前向きで、その生きざまは、たくさんの人を勇気づけていました。

「お葬式は、とにかく楽しく盛大に！」という本人のリクエストがあり、みっちーのお葬式は、とても盛大に行われました。そして、みっちーが大好きな曲である、ゆずの「栄光の架橋」の大合唱と共に、みっちーは大勢の人に見送られました。

わたしが、みっちーからの電話を受ける夢を見たのは、そんなお葬式が終わって、落ち着いた頃のことでした。

おそらくみっちーは、その感想を言いたいがために、わたしの夢の中で、わたしに電

話をかけてきたのです。

「お葬式、も〜最高だったよ！」って。

そして、そこでわたしは目が覚めました。

夢だったのですが、夢ではない……、

とてもリアルな感覚でした。

東京と鹿児島、距離を越えてつながった絆

みっちーとわたしには、共通の友達がいました。

その友達が、みっちーにはわたしのことを、わたしにはみっちーの噂を伝えていたために、お互い知っていました。

鹿児島に住んでいたみっちーは、その頃すでに、白血病の宣告を受けていました。でも、セカンドオピニオンとして別の医師に診察してもらうため、東京の病院に行くので、「そのときに、ぜひキャメちゃんに会いたい！」と連絡をくれました。

わたしも会いたかったので、その日を楽しみにしていました。

しかし、その日、みっちーは、白血病の再発を宣告されたのです。そして、その病院の帰りに、奥さんと一緒に、わたしのところに会いに来てくれました。

それが、わたしたちの初対面です。

みっちーは最初、顔が青ざめていましたが、話をするうちに、元気になってきました。そして、明るい笑顔で、鹿児島に帰っていきました。

みっちーは、まわりの人が何となく放っておけない人懐っこさがあり、みんなに好かれていました。

みっちーは面白いことが大好きなので、わたしと友達で、入院中のみっちーを笑かしてパワーを与えようと、いろんな面白い動画を作って送ったりして、交流を深めていました。

たとえ、わたしのことがわからなかったとしても

みっちーは何度か入退院を繰り返していましたが、2018年2月に、「あと3カ月」という余命宣告を受けました。わたしは仲間と共に、鹿児島の病院にお見舞いに行きました。

その頃のみっちーは、感染症からの記憶がなくなる病気にかかっていたため、わざわざ会いに行っても、わたしたちのことが誰だかわからない可能性は、大いにありました。

わたしたちが病院の面会のラウンジに着くと、車椅子に乗ったみっちーが、家族に連れられてやって来ました。うつろな顔をして、おとなしい雰囲気でした。

以前の明るいみっちーとは、別人のようでした。

最初、みっちーは目をあまり合わせてくれませんでした。どうやら、わたしたちのことがわからなくなっていたみたいです。

しかし、ふとわたしとガチッと目が合った瞬間、彼の瞳孔《どうこう》が大きくなりました。

そして目を大きく見開き、ものすごくびっくりした表情に変わって、みっちーは本当に大粒の涙を流し出しました。

そのびっくりした表情は、まるで、奇跡を見たかのような……、生き別れた親子の再会くらいの、びっくりした表情だったのです。

そして、みっちーはこう叫びました。

「なんで⁉　なんでここにいるの！」

そうして、みっちーは、わたしの知っている、元気で明るいパワフルなみっちーに一瞬にして戻っていました。

そのときの面会時間は、20分くらいの短いものでしたが、その間くらいは、みっちーの記憶はすべて蘇《よみがえ》っていました。

この出来事には、そこにいたみっちーの家族も、仲間たち全員も、本当にびっくりしました。

わたしは、この衝撃的な感動の再会のことは、一生忘れることができません。

数回しか会っていないけれど、みっちーのスイッチ役になったわたし。

多分あの夢は、みっちーの意識、つまりエネルギーが、わたしに伝わったことで見ることができた夢だったのではないかと思うのです。私のほうも、ちょくちょくみっちーのことを思い出して、意識を向けていましたし。

一度心が触れ合った人とは、たとえ生死が分かれても、見えない世界で絆がつながり続けるのかもしれません。

「魂が触れ合う」交流をしよう

EPILOGUE

なんて素晴らしい世界

この本は、わたしにとって初のエッセイとなります。これまでの本ではあまり触れてこなかった私のこれまでのことや日常のことがつづられています。

とはいえ、ここに書いた話は、わたしの歴史のほんの一握りです。実は、書けない刺激的な話のほうがたくさんあります。しかし、それはわたしの心の中だけにとどめておきましょう。

どんなことがあっても、過去に浸《ひた》ったり、未来を心配したりせず……。

そして、無理に何とかしようと抵抗もせず、すべてをそのままを受け入れて、ただただ、今ここだけを見てみると、そこには、とても幸せな世界が広がっています。

現実をどうにかしようと、目の前の現実にのめり込んでしまうこともあるかもしれません。

でも、それを選ぶのも自分だし、それを選ばないのも自分なんです。

どっちがお好みか！

それくらいのものなのです。


いちいち自分の意識をどこへ持っていくかは、自分で決めることができます。そして、自分が意識した世界を、わたしたちは体験することになっています。


わたしは、自分の意識を、どんなことがあっても楽しめる方向、そして、いちいち幸せの方向にナビゲートしてあげているだけなんです。

だから、人生に何も難しいことがありません。

これは特別なことではなく、実は、誰もがそうすることができます。

自分でそう、決めちゃえばいいだけなんですよね。

それでは、あなたの人生が、「もうやめて～！」というくらいに、いちいち幸せになりますように！

そしてわたしは思います。
この世界は、なんて素晴らしい世界なんだろうと。

キャメレオン竹田

本作品は当文庫のための書き下ろしです。

いちいち幸《しあわ》せになる本《ほん》

著者　キャメレオン竹田《たけだ》

二〇二四年七月一五日第一刷発行

発行者　佐藤 靖
発行所　大和《だいわ》書房
東京都文京区関口一‐三三‐四 〒一一二‐〇〇一四
電話 〇三‐三二〇三‐四五一一

フォーマットデザイン　鈴木成一デザイン室
本文・口絵デザイン　山田和寛＋竹尾天輝子(nipponia)
本文イラスト　キャメレオン竹田
口絵写真　キャメレオン竹田、YOKO MIYAZAKI
本文・口絵印刷　歩プロセス
カバー印刷　山一印刷
製本　小泉製本

ISBN978-4-479-32096-8
乱丁本・落丁本はお取り替えいたします。
https://www.daiwashobo.co.jp

キャメレオン竹田
(きゃめれおんたけだ)
文筆家、実業家、画家、絵本作家、㈱トウメイ人間製作所 代表取締役。日本テレビ番組「DayDay.」ゴゴ占い監修。著書累計90万部超。
これまでの著書に、『人生を自由自在に楽しむ本』『あなたの人生がラクにうまくいく本』『「神(キャメ)のお告げ」本』(以上、大和書房)、『神さまとのおしゃべりBook』『宇宙との直通電話 誕生日占い』(以上、三笠書房)、『タロットキャラ図鑑』『占星術キャラ図鑑』『キャメレオン竹田のタロットルーム』(以上、ナツメ社)、『キャメレオン竹田のすごいタロットカード』『キャメレオン竹田のすごい神さまカード』『キャメレオン竹田のしあわせになる絵本』(以上、日本文芸社) など多数。

だいわ文庫